DÖRLEMANN

Julia Strachey

Heiteres Wetter zur Hochzeit

Roman

Aus dem Englischen
von Nicole Seifert

Mit einem Nachwort
von Frances Partridge

DÖRLEMANN

Die englische Originalausgabe
»Cheerful Weather for the Wedding« erschien 1932 bei
The Hogarth Press, London.
Der Text folgt der Ausgabe von
Persephone Books Ltd 2002.

Dieses Buch ist auch als Dörlemann eBook erhältlich.
eBook ISBN 978-3-908778-83-7

Umschlaggestaltung: Mike Bierwolf unter Verwendung
des Gemäldes *Finishing Touches*, 1939 (oil on canvas) von
Laura Knight, © Christie's Images / Bridgeman Images
Gemälde auf Seite 5: Dora Carrington, *Portrait of
Julia Strachey*, 1925 (oil on canvas)
Satz: Dörlemann Satz, Lemförde
Druck und Bindung: CPI – Clausen & Bosse, Leck
ISBN 978-3-03820-094-9
www.doerlemann.com

Julia Strachey

I

Am fünften März verheiratete Mrs Thatcham, eine bürgerliche Witwe, ihre älteste Tochter Dolly, die dreiundzwanzig Jahre alt war, mit dem Ehrenwerten Owen Bigham. Er war acht Jahre älter als sie und im diplomatischen Dienst.

Die Verlobungszeit war kurz gewesen, so wie es sein sollte – nur einen Monat, aber Owen wurde Ende März in Südamerika erwartet, um dort für mehrere Jahre einen Posten anzutreten, und Dolly hatte eingewilligt, zu heiraten und mit ihm zu kommen.

Owen und Dolly heirateten auf dem Land im Haus der Thatchams. (Owens Eltern hatten in diesem Teil der Welt ebenfalls ein Haus – auf der anderen Seite der Bucht von Malton.)

Am Morgen der Hochzeit war es grau und kalt.

Es traf sich, dass Dolly um fünf Minuten nach neun auf dem Weg zum Frühstück im Salon mit Millman zusammenstieß, dem Zimmermädchen mittleren Alters.

»Tut mir leid, Millman.«

»Macht gar nichts, Miss. Schauen Sie mal, das hier hat Lily gefunden, es klemmte hinter einer Schublade Ihrer Kommode, die im alten Kinderzimmer stand.«

Millman hielt Dolly eine quadratische blaue Ledertasche hin, etwas streifig und vergilbt und mit herabhängendem Lederriemen.

»Sie muss seit letztem Sommer dort gesteckt haben, Miss, als Sie Ihre ganzen Sachen ausgeräumt haben, wissen Sie noch? Die Kommode wurde auf den Dachboden geräumt.«

»Du meine Güte, Millman. Bestimmt sind da alle möglichen Schätze drin. Hunderte verlorener Schecks, meine Brosche, vielleicht sogar der blöde goldene Fingerhut von der Köchin, den ich verloren habe.«

»Dann schauen Sie mal nach, Miss. Ich hoffe jedenfalls, dass Sie das ganze Zeug dort finden!«

Millman lachte fröhlich und verließ den Salon.

Dolly setzte sich an den kleinen Schreibtisch, neben dem sie gestanden hatte, und öffnete die Tasche. Sie war so gut wie leer. Außer einem Bodensatz aus grauen Flusen und so etwas wie Kekskrümeln war da nur ein rosa Busfahrschein und ein zusammengefalteter alter Briefumschlag mit der Handschrift ihrer Mutter darauf. Sie öffnete den Umschlag und nahm den Brief ihrer Mutter heraus. Er war auf den letzten Juli datiert, und die Adresse auf dem Briefkopf war die ihres Cousins Bob in Hadley Hill. (Bobs Titel lautete Kanonikus Dakin. Da Dollys Vater tot war und sie keinen Onkel hatte, würde er sie heute Nachmittag zum Altar führen.)

Dolly betrachtete den Brief. Er sah genauso aus wie alle anderen Briefe ihrer Mutter.

Sie lächelte und begann den Brief zu lesen: »Deine Tante B. hatte bei uns ein grässlich nasses Wo-ende, aber K. und Ch. und Mr F. und P. haben ihr alle beim Formulieren ihrer Karten für das M.W.O.S. nächsten Sa. geholfen und wir waren eine fröhliche fleißige kleine Runde. Würdest Du den beigelegten P.C. ausfüllen, ihn L. schicken und sie wissen lassen, ob Du die Adresse, die Du haben wolltest und die sie Dir geschickt hat, inzwischen bekommen hast? Ich war heute mit ihr Mittag essen und sie macht sich furchtbare Sorgen, dass sie nie bei Dir angekommen ist, weil Du ihr nicht geschrieben und Dich bedankt hast. Heute sind wir runter zu Bob gefahren, um ihn in seinem neuen Haus in Hadley zu besuchen – So ein heiteres kleines Haus ganz oben auf dem H. Hill; vielleicht etwas zugig, aber für gutes Wetter ein ganz fröhlicher, behaglicher kleiner Ort! Die vielen Blumen sehen so vergnügt aus, und man hat so einen hübschen Blick auf die kleine alte angelsächsische Kirche. Wir sind hier 5 Meilen von Dinsbury entfernt, 7 ½ von Churton«

[»Jetzt geht es los«, dachte Dolly], »nur 10 von Great Broddington (8 von Little Broddington) und 15 von Bell-Hill. C. und M. sind aus L. gekommen, P. und W. McGr auch, und wir haben eine schöne Ausfahrt mit dem M. gemacht. Wenn man von hier aus die Dinsbury Road nimmt, sich bei Tiggicombe links hält, die Straße nach London und Hadley überquert und sich immer rechts hält, kommt man nach Wogsbottom, das nur 2 ½ Meilen von Crockdalton entfernt liegt (und nicht mehr als 3 von Pegworth) …« Dolly übersprang eine halbe Seite und las unten weiter: »Für Bob ist es eine solche Plage, dass ›K‹ so viel trinkt – ich höre so fürchterliche Geschichten über ihn. Natürlich erscheint mir all das vor allem bedauerlich! Wie seltsam von ihm! Bei so *aufopferungsvollen* Eltern …« Dolly sah von dem Brief auf. Sie schien in eine Art Trance zu fallen – vielleicht, weil sie an ihren trunksüchtigen Cousin gedacht hatte, ›K‹, wie ihre Mutter ihn nannte, der oft zu Besuch gewesen war, als sie noch Kinder waren; aber vielleicht auch, weil sie an die Straße nach London und Hadley gedacht hatte.

Über dem Schreibtisch, an dem Dolly saß, hing ein alter Spiegel.

Dieser Spiegel war mit Hunderten rostiger kleiner Flecken übersät, und das Quecksilber dahinter war im Laufe der Zeit schwarz geworden, und reflektiert in diesem leichenhaften Gesicht schien der Salon stets in einem unheimlichen, tot wirkenden, metallischen Zwielicht zu schwimmen, wie man es in der tatsächlichen Welt draußen nie erlebte. Dies hatte eine seltsame Wirkung:

Es war, als erschiene der Salon in diesem Spiegel wie ein vertrautes Zimmer im Traum, geisterhaft, aufgeladen mit Bedeutung und frei von allen Anzeichen alltäglichen, trivialen Lebens. Zwei schmale Bücher, quer übereinanderliegend, die runde Oberfläche eines Tisches, der geschnitzte Kopf einer Eidechse auf einer Uhr, die Sitzfläche des Sofas und die Lehnen beschienen vom grauen Licht des Himmels; alles andere lag im Schatten. Die transparenten

Farne, die dicht an dicht im Fenster standen, leuchteten hell und sahen furchterregend aus. Sie schienen gewissermaßen zum Leben erweckt worden zu sein. Sie wirkten, als hätten sie just in jenem Moment ihre langen Rücken gestreckt, ihre gezackten und schartigen Körper drohend gekrümmt, sich fest miteinander verschlungen und verknotet und züngelten nun mit gespaltenen Zungen; und all das, als stünden sie unter irgendeinem schrecklichen Zwang … es erinnerte an Reisebeschreibungen aus dem kongolesischen Dschungel … an den stillen Kampf und das Strangulieren, aus dem das vegetative Leben dort offenbar bestand.

Um das Bild zu vervollständigen, schimmerte Dollys weißes Gesicht mit seinen vollen, stark geschwungenen Lippen über dem schwarz gesprenkelten Wollkleid vor den Farnen blass wie eine phosphoreszierende Orchidee, die einsam im halbdunklen Sumpf blüht.

Fünf oder sechs Minuten lang verharrte

die blasse und leuchtende Orchidee reglos im Zentrum der dunklen Oberfläche des Spiegels. Das Seltsame war die Art, wie der Blick rastlos schweifte, den ganzen Raum absuchte, immer und immer wieder im Kreis … Es sah eigenartig aus – das Gesicht so passiv und scheinbar weit weg, und die Augen so rastlos.

Vielleicht erwischte das Licht die gespiegelten Augen in einem seltsamen Winkel, wodurch sie so unangenehm glänzten, beinahe wild – verantwortungslos –, wie die glänzenden Augen einer Kranken, die erschöpft ist und fiebert.

»Ich weiß nicht, was die Mädchen sich heute Morgen denken – Viertel nach neun und das Frühstück ist noch nicht fertig! So verzögern sich doch auch alle anderen Mahlzeiten – wie seltsam von ihnen!«, rief Mrs Thatcham, die hinter Dollys Rücken den Raum betreten hatte und nun von einem Sessel zum anderen lief, um den Kissen einen Schlag zu versetzen und sie dann aufzuschütteln. Ihr Tonfall war der kalten Staunens, ihre weit aufgerissenen Augen funkelten wie Gletscher.

»Lauf lieber schnell zur Köchin, damit *du* wenigstens Frühstück bekommst, liebes Kind. Sonst schaffen wir es nie, dass du rechtzeitig fertig bist … Nun lauf schon, liebes Kind.«

Dolly warf Brief, Busfahrschein und Ledertasche in den Papierkorb und machte sich auf den Weg ins Frühstückszimmer.

Mrs Thatcham blieb noch ein paar Minuten, eilte auf ihren kleinen Füßen durch das Zimmer, brach tote Narzissen aus den Vasen, zog Vorhänge weiter auf, andere weiter zu, kratzte mit der Spitze ihres kleinen Schuhs am Teppich, wo sich ein Fleck zeigte. All das wie üblich mit einem scharfen, besorgten Ausdruck auf dem langen Gesicht – als hätte sie versehentlich eine Schachtel lebendiger Hummeln verschluckt und spüre nun langsam, wie sie sich in ihrem Inneren rührten. Sie blieb stehen und sah auf die Uhr.

»Ich begreife es einfach nicht!«, stieß sie hervor.

Schnell verließ sie den Salon und trabte in Richtung Küche.

II

Der lange Saal auf der Rückseite des Hauses der Thatchams, in dem die Familie für gewöhnlich saß, war um zwölf Uhr in strahlendes Sonnenlicht getaucht. Gleichzeitig war ein heulender Sturm aufgezogen, wie üblich, denn das Haus stand oben auf den Klippen. Die Hochzeit sollte um zwei Uhr stattfinden (die Kirche befand sich gleich hinter der Gartenmauer, was praktisch war).

Sonnenlicht fiel in blendenden Rechtecken durch die Fenster auf die verblichenen Glyzinien der Cretonne-Sofas und -Sessel und ließ das auf Böcken stehende indische Messingtablett aufleuchten, auf dem sich Zeitschriften und Bibliotheksbücher stapelten. Den gelben Glanz reflektierten silberne Fotorahmen und maurische Brieföffner und die neben dem Klavier hängende weiß-braune serbische Stickerei. Das

Licht des Kaminfeuers verblasste dagegen – die Flammen waren in all diesem Glanz kaum zu sehen.

Mrs Thatcham hatte in diesem Raum immer eine große Zahl Topfpflanzen stehen, Narzissen, Fuchsien, Hortensien, Alpenveilchen. Heute stand auf einem Tisch in der Nähe des Feuers zusätzlich ein geballtes Gebirge aus Hyazinthen aller Art in Rosa, Rot und einem verwaschenen Mauve; durch das Fenster fiel stahlblaues Frühlingslicht, das jedes der schmalen wächsernen Blütenblätter schillern ließ.

Auf dem Sofa lag der Länge nach ausgestreckt ein dreizehnjähriger Cousin der Braut – der schwarzhaarige Robert – und las in der Zeitschrift *The Captain.* Robert hatte Augen, die glänzten wie zwei ölig schwarze Backpflaumen, und die Gesichtsfarbe eines dunkelroten Pfirsichs.

Vor der Treppe ging Tom, sein älterer Bruder, auf und ab, sein Schritt hatte etwas Wichtigtuerisches und irgendwie Unheimliches an sich.

Tom war blond und hübsch anzusehen, aber nun quollen seine kobaltblauen Augen aus seinem Kopf wie die eines Ochsenfroschs.

Beiden Jungen waren die Haare so glatt wie Satin gebürstet worden, und beide hatten sich umgezogen und trugen für die Hochzeit makellose schwarze Jacketts.

»Robert.«

Es war, als wäre plötzlich eine große Blase vom Boden eines dunklen Wasserbehälters emporgestiegen und an der Oberfläche dumpf und hohl zerplatzt – nichts an Toms schleichender Gestalt wies darauf hin, dass er es war, der gesprochen hatte.

»Robert.« (Eine weitere Blase platzte dumpf und hohl.)

»Robert. Robert.« Die ganze Zeit schlich Tom weiter hin und her.

»Robert.« Jetzt kam das Wort leise von hinter der Sofalehne, wohin Tom, von seinem jüngeren Bruder unbemerkt, geschlichen war.

»Robert«, wiederholte Tom. »Robert. Ich sage, Robert. Robert. Robert.«

Tom beugte sich über die Sofalehne und sang leise, jedes Wort einzeln betonend, wie es Hypnotiseure tun:

»DEINE MUTTER WÜRDE ZWEIFELLOS WOLLEN, DASS DU DICH NACH OBEN BEGIBST, ROBERT, ZUM ZWECKE, DIESE UNMÖGLICHEN SOCKEN ZU WECHSELN.«

Der Patient zeigte kein Lebenszeichen.

»WECHSLE DEINE SOCKEN, ROBERT. NUTZE DIE ABWESENHEIT DEINER MUTTER NICHT AUS, UM HIER DEN SCHURKEN ZU MARKIEREN, ROBERT.«

Roberts schwarze Schuhe ragten über Kreuz über eine Armlehne des Sofas, und zwischen den Schuhen und der Hose enthüllte sich ein smaragdgrüner Schimmer.

»Robert. Robert. Robert.«

Robert warf *The Captain* auf den Boden, fuhr herum und schrie Tom an: »Halt endlich den Mund, blöder Idiot!« Seine Stimme war tränenerstickt. »Wer gibt dir das Recht, mich so zu quälen? Du bist ein teuflischer, verdammter

Quälgeist! …« Er langte nach seiner Zeitschrift und las weiter.

Eine Minute lang herrschte Schweigen. Dann sagte Tom munter:

»Robert, deine Mutter würde wollen, dass du sofort nach oben gehst, um diese Kindersocken aus- und ordentliche anzuziehen, Robert. Gehst du jetzt, Robert?«

»Was zum Teufel meinst du? Ich *habe* gerade ordentliche Socken angezogen!«, schrie Robert, fuchtelte mit der Zeitschrift vor seinem Gesicht herum und fügte hinzu: »Hau ab und steck deinen Kopf in eine Tüte.«

Er schluckte und las weiter.

»DAS SIND BEI EINER HOCHZEIT KEINE ANGEMESSENEN SOCKEN FÜR EINEN GENTLEMAN«, sagte Tom und beugte sich über das Sofa.

»Hau ab und steck deinen Kopf in eine Tüte«, murmelte Robert.

Tom entfernte sich langsam über den federnden Teppich.

»Würdest du deine *Mutter* warten la–«

»Jetzt hau endlich ab und steck deinen Kopf in eine Tüte!«, sagte Robert.

In diesem Moment war von oberhalb der Treppe der schrille Schrei einer Frau zu hören.

»Lily! Lauf schnell, Lily, los! Lauf schon! Lauf!«

Jemand klapperte die Treppe herunter.

»Lauf sofort ins Nähzimmer und sag Rose, dass sie die Brosche für mich suchen muss, ich brauche sie in fünf Minuten!« Kitty, Dollys jüngere Schwester, stürmte in den Saal.

Sie war ein großes, kräftiges Mädchen von siebzehn Jahren; ihre Hände, die aus den zarten gelben Gaze-Ärmeln ihres Brautjungfernkleids hervorsahen, waren rot und geschwollen, vielleicht vor Kälte, und erinnerten an rohe Fleischstücke. Die kalte Haut von Kittys großem Gesicht war so dick mit Reispuder bedeckt und dann auch noch so stark mit Rouge, dass es beinahe aussah, als trüge sie eine Maske aus fliederfarbenem Löschpapier, mit roten Tintenflecken auf jeder Wange.

»Oh, Tom, oje, oje, ich weiß, du denkst, dass ich in meinem Kleid und mit dem Blumenkranz vollkommen und unsagbar dumm und absolut entsetzlich und fürchterlich aussehe«, rief sie aus und ging zum Spiegel.

»Überhaupt nicht. Im Gegenteil, ganz bezaubernd«, sagte Tom mit einer steifen Verbeugung.

»Denkst du wohl! Wohl! Ich weiß es doch. Warum würdest du dich sonst so komisch verbeugen? LILY!«, schrie sie plötzlich laut. »Bring mir jetzt sofort diese Brosche! Alle sind schon umgezogen und zum Essen fertig!«

Eine weit entfernte Stimme kam die Treppe heruntergesegelt: »Ich kann sie nicht finden, Miss …«

»Kannst du wohl!«, donnerte Kitty. »Ich sage doch, geh zu Rose; sei nicht so eine Eule!«

»Wirklich, Kitty, das ist ja nicht auszuhalten!«, sagte eine Stimme hinter der Tür zum Salon. »Kannst du nicht vielleicht hochgehen und dort mit ihnen reden?«

Im Türrahmen erschien lächelnd eine adrette junge Dame. Es war die kleine Evelyn Graham, eine Schulkameradin und Busenfreundin der Braut. Über ihrem gelben Brautjungfernkleid trug sie eine graue Jacke aus Eichhörnchenfell, und ihr Gesicht steckte bis zu den Ohren in einem flauschigen Wollschal. Ihre schmalen grünen Augen tanzten und glänzten, und alle Farben des Regenbogens schienen sich in ihnen zu spiegeln.

»B-r-r-r-r-r, ich bin mehr tot als lebendig!«, sagte sie mit Grausen in der Stimme und ging zum Kamin. Sie rieb ihre schmalen Hände schnell aneinander, kniete dann nieder und hielt sie über das Feuer.

»Du bist wie ein eleganter kleiner Schmetterling«, sagte Kitty, die sie mit leidenschaftlichem Blick beobachtete und dabei die Kurbel des Grammofons drehte. »Ich wünschte, ich wäre so schick und intellektuell wie du! *Du* denkst bestimmt, *ich* sehe in meinem Brautjungfernkleid aus wie ein unbeholfenes großes dummköpfiges Nashorn, ich weiß es genau!

Oh, bitte sag nichts dazu, bitte! Ich flehe dich an!«

»Ach, so ein Unsinn, Liebes«, sagte Evelyn. »Wie es wohl erst wird, in dieser zugigen Kirche zu stehen! – Ohne Mantel! Mit einem triefend nassen Blumenstrauß in der Hand! Diese bizarren alten Bräuche sind letztlich kein Vergnügen.«

»Bizarre alte … also … wirklich … Evelyn!«, sagte Kitty schockiert. »Wenn du selbst heiratest, wirst du schon sehen! Dann redest du ganz anders … du wirst eine ganz wunderbare Mutter, das weiß ich. Dolly auch – egal, was ihr beiden jetzt sagt …«

»Ach, Liebes …«, sagte Evelyn. »Du meine Güte, was ist das denn?«

Aus dem Schlund des Grammofons kam plötzlich ein metallisches Pfeifen, das anhielt und schließlich die Gestalt einer tändelnden kleinen Melodie annahm. Gleichzeitig schienen in dem Gerät übelgelaunte Tiger zu fauchen und eine Hyäne leise zu lachen.

Kitty zog ihr gelbes Gaze-Cape eng um

die Hüften und schoss mal hierhin, mal dorthin und im Handumdrehen wieder zurück und so in einer Art Tanz durch den ganzen Saal, die Schultern bis zu den Ohren hochgezogen. Der Tanz, den sie zum Besten gab, war offenbar eine Mischung aus einem schottischen Reel und einem verträumten Walzer, denn obwohl ihre Beine wie gespaltene Blitze über den Boden rasten, schien ihr sich gemächlich drehender Oberkörper beständig rundherum zu gleiten.

»Um Himmels willen, hör auf, Kitty!«, rief Robert vom Sofa aus und starrte seine Cousine mit seinen glänzend braunen Kuhaugen an. »Mir wird ganz schwindelig!«

»Lily!«, kreischte Kitty aus voller Kehle und stellte mit einem letzten Zucken das Grammofon ab. *»Bring … mir … sofort … die … Brosche … runter!«*

Die drei anderen schrien auf und hielten sich die Ohren zu.

Die Glastür zum Garten knarzte und flog auf. Ein gewaltiger Sturm raste durch den ganzen Raum. Vorhänge sprangen in die Höhe und beinahe von ihren Stangen. Unter der Türritze drang ein langer, anhaltender, durchdringender Klageton hindurch, der allen mit einem Gefühl dunkler Vorahnung das Herz in der Brust gefrieren ließ.

Der große Teppich hob das Haupt und wellte sich wie eine wütende Seeschlange einmal sacht über die gesamte Länge.

»Mille diables«, murmelte die kleine Evelyn, verzog ihren Mund zu einer dämonischen Grimasse und stellte den Kragen ihrer Jacke auf.

Mrs Thatcham kam herein und schloss hinter sich die Tür, einen groben roten Umhang über ihrer Festtagsrobe aus Satin. »Die Schildkröte hat sich wieder blicken lassen«, sagte sie und wischte ihre kleinen Füße eilig an der Fußmatte ab. »Vermutlich möchte sie sich von Dolly verabschieden. Sicher wird sie die Schildkröte genauso vermissen wie uns.« Irgendwo im Flur schlug eine Tür zu.

»Ganz bestimmt sogar«, sagte Evelyn.

Die Schildkröte war Dolly im Sommer zuvor von einem jungen Freund geschenkt worden – Joseph Patten (ein Student der Anthropologie an irgendeinem Londoner College).

Wie es der Zufall wollte, saß Joseph in genau diesem Moment allein im Nebenzimmer. Er war für diesen Tag aus London gekommen.

»Schon halb eins!«, sagte Mrs Thatcham. Sie sah sich mit ihren glasklaren, orangefarbenen Augen im Saal um. »Ist Dolly schon nach oben gegangen, um sich umzuziehen?«, fragte sie Kitty mit wildem Blick.

»Sie ist schon seit Ewigkeiten oben, Mum«, sagte Kitty und zupfte vor dem Spiegel geschäftig an ihrem Blumenkranz herum. »Mum, sehe ich in diesem Aufzug nicht wirklich zu dumm aus?«, fragte sie.

»Die Hälfte der Familie ist noch gar nicht hier, und um zwei ist die Hochzeit!«, sagte Mrs Thatcham. »Die, die da sind, gehen besser hoch und essen was. Ich habe Millman gesagt, sie soll im Kinderzimmer einen kalten Imbiss servieren, nur für die Familie.« Sie trippelte

Richtung Fenster, öffnete die Chintzvorhänge und schüttelte die Kissen auf den Fensterbänken auf.

»Ach, so ein schöner Tag für Dollys Hochzeit! Alles sieht so hübsch und heiter aus, der Garten wirkt so fröhlich. Man kann bis Malton Downs sehen!« Eilig lief sie zur Tür, die hinter dem Sofa in die Bibliothek führte.

»Was ist denn das?«, rief sie bestürzt. Sie hatte die Tür geöffnet, hinter der auf einem langen Tisch Teller mit kleinen Schnitzeln in blasser Sülze standen, große Salatschüsseln, Weißweinflaschen, stapelweise Sandwiches und so weiter. »Ach! Dann hat Millman den Imbiss hier gedeckt!«, rief sie aus.

Es herrschte Stille. Mrs Thatcham starrte die Schnitzel und Sandwiches kühl an.

»Was für eine Enttäuschung!«, sagte sie. »Millman ist wirklich ein seltsames Wesen. Wie kommt sie nur darauf! Wo ich doch extra gesagt habe, im Kinderzimmer … und dass die Bibliothek frei bleiben soll … wie äußerst seltsam von ihr!«

»Das ist ganz und gar nicht seltsam, Mum, wenn man bedenkt, dass ich genau gehört habe, wie du gestern zu ihr gesagt hast, sie soll das kalte Mittagessen auf jeden Fall in der *Bibliothek* servieren, damit im Kinderzimmer heute kein Feuer gemacht werden muss.«

»Oh nein, liebes Kind. Da irrst du dich, das versichere ich dir«, sagte ihre Mutter schnell. »Ich habe extra gesagt, im Kinderzimmer … Wie auch immer, wenn nun mal hier gedeckt ist … Robert, du liebe Güte! Diese Schuhe machen sich auf meinen schönen Sofabezügen nicht besonders gut. … Komm jetzt, lass uns was essen, Kind, du wirst noch krank da, kopfüber vor dem prasselnden Feuer. *The Captain* – ist das eine gute Zeitschrift? Ich dachte eigentlich, deiner Mutter ist es nicht so lieb, wenn du in den Ferien Zeitschriften liest …«

Robert kam aus der Schräglage und folgte Mrs Thatcham in die Bibliothek. Tom sah ihn verschwinden, machte drei Schritte und hielt ihn am Ellbogen fest, als er gerade durch den Türrahmen ging.

»Mein lieber Junge, dir bleibt nichts anderes übrig, du *musst* hochgehen und andere Socken anziehen! Stell dir doch nur mal vor, lieber Freund, zur Zeremonie käme noch jemand anders vom Rugby! Das kann durchaus passieren, weißt du!«

Robert versuchte sich von Tom zu befreien, aber der verstärkte seinen Griff nur.

»Und überleg mal, was dieser Jemand sagen würde, wenn wieder Schule ist, Robert! Es wird natürlich überall darüber geredet werden. Es ist furchtbar! Furchtbar!« Er schüttelte Roberts Ellbogen. »Jetzt geh um Himmels willen und zieh dich um, bevor es zu *spät* ist«, zischte er durch zusammengebissene Zähne.

»Diese Socken sind wunderbar, mein lieber Junge. Mir ist vollkommen schleierhaft, wovon du redest«, sagte Robert. »Geh und steck deinen Kopf in eine Tüte.«

Robert schüttelte ihn ab und steuerte den Mittagstisch an.

Im stillen Salon, der vom Flur abging, saß Joseph Patten weiterhin allein.

Das vom Wintergarten mit seinen Unmengen von Farnen in Drahtgestellen gefilterte Licht hatte sich hier in ein leuchtendes Grün verwandelt.

Joseph hätte eine Statue aus irgendeinem grünen Stein sein können, der man einen Tweedanzug angezogen und die man auf das Sofa gesetzt hatte – so bewegungslos und so grün waren sein helles Haar, Gesicht, Mund, Augen, Handgelenke und Hände.

Auf dem Weg ins Esszimmer, aus dem sie die Roggenkekse ihrer Mutter holen wollte, schwebte Kitty in den Salon.

Joseph bekam im Vorbeigehen ihr gelbes Gaze-Cape zu fassen. »Ist Dolly denn *immer* noch nicht so weit, dass sie runterkommen kann?«, fragte er zum sechsten Mal an diesem Vormittag.

»Ich weiß es nicht; bestimmt«, sagte Kitty und schwebte durch das trübe Licht davon.

Joseph ging in den großen Saal, blieb dicht vor der Glastür stehen, die auf die Terrasse und in den Garten führte, und sah hinaus.

Die kleine Evelyn Graham legte eine Zeitschrift, die sie sich angesehen hatte, auf den Messingtisch und ging zu ihm.

Der ganze Garten wurde von messingartigem, gelbem Licht überflutet. Die Zweige der Sträucher schwangen in einem wirklich wilden Wind gewaltig hin und her. Die federnbesetzten Halme eines Pampasgras-Busches direkt vor der Tür strebten in alle Richtungen. Flach wie ein Pfannkuchen wurde der Busch auf seltsame Weise auf die Kiesterrasse gedrückt, es sah unnatürlich aus, als säße ein schwerer, unsichtbarer Mensch darauf.

»Ist dir aufgefallen«, sagte Evelyn kichernd, »dass es Mrs Thatchams einziges Kriterium für einen schönen Tag ist, ob man bis Malton Downs sehen kann oder nicht? ›Kann man bis Malton Downs sehen oder kann man es nicht?‹ – Das ist die einzige Frage. Denn je weiter man gucken kann – tja, desto schöner der Tag! Und nicht nur der Tag, denn die Schönheit der Landschaft hängt ebenfalls vollkommen von der Antwort auf diese Frage ab.«

Evelyn gluckste und fuhr, langsam mit ihrem Thema warm werdend, fort: »Wenn Mrs Thatcham von den Klippen aus also *zwei* Counties gleichzeitig sehen kann, dann ist die Sicht von hier gut – die Landschaft äußerst hübsch. Wenn *drei* Counties gleichzeitig zu sehen sind, ist sie noch hübscher denn je, einfach großartig und so weiter und so fort.«

Der junge Mann lächelte schwach, wandte den Kopf noch mehr von Evelyn ab und starrte weiter durch die Glastür.

Evelyn sah zu seinem abgewandten Gesicht auf, ließ ihn sofort stehen und ging zu den anderen in die Bibliothek.

Joseph, zufrieden, allein im Saal zu sein, setzte sich auf das Sofa neben den Hyazinthentisch.

Fünf Minuten später machte Millman, die ein Tablett mit Whisky und Soda trug, auf ihrem Weg in die Bibliothek Halt.

»Ist Ihnen nicht gut, Sir? Soll ich Ihnen einen Schluck Brandy bringen? Das hilft manchmal, wenn man sich ein bisschen elend fühlt oder so.«

»Nein, danke.«

»Na gut, Sir. Aber wir haben genug, falls Sie möchten.« Und sie ging weiter.

Schließlich stand er auf und ging zu den anderen in die Bibliothek.

Als er an der mit rotem Wollstoff bespannten Schwingtür vorbeikam, ging diese auf, und er stand dicht vor einem großen, grauhaarigen Mann, der die schwarze Kleidung eines Geistlichen trug und dessen hageres weißes Gesicht an ein präraffaelitisches Gemälde von Dante erinnerte. Es war Kanonikus Dakin oder Bob vom Hadley Hill, wie die Familie ihn nannte.

Der Kanonikus schüttelte Joseph mit feierlicher Höflichkeit die Hand und fragte ihn auf dem Weg in die Bibliothek freundlich, wie es in London mit seinen Studien vorangehe.

Joseph war tiefrot geworden und beantwortete seine Fragen, während er unablässig breit und verlegen lächelte und schwankend seitwärts neben ihm herging wie ein Krebs, wobei er gegen jede Ecke eines Sofas oder Klaviers stieß, die sich ihm von hinten näherte. Mrs Thatcham hatte, als sie einmal hinter Joseph und Dolly hinunter zur Badestelle ging, frostig überrascht gesagt: »Dieser junge Mann scheint *rückwärts* statt vorwärts zu gehen. Ich verstehe nicht, wie er so überhaupt irgendwo ankommt! So ein kurioser Mensch! …« Sie mochte Joseph nicht. Ihr schien es, als sage er vor ihrer jungen Tochter Kitty absichtlich abscheuliche und böse Dinge; genauso vor den Bediensteten: Sehr oft verletzte er ihre Gefühle, und überhaupt war sie angespannt, wenn er in der Nähe war.

Kanonikus Dakin und Joseph nahmen ihre Plätze am Mittagstisch ein, wo sie auf einen rothaarigen Cousin trafen, einen jungen Mann von zwanzig Jahren mit dem Spitznamen »Lob«, der bereits zu der Gesellschaft dazugestoßen war.

»Hey! Da kommt der Anthro-pop-ologe!«, schrie Lob und wedelte zum Gruß mit der

Gabel (er behandelte diese Wissenschaft immer vollkommen *de haut en bas*).

»Wie sind deine Vorlesungen?«, fragte Kitty Joseph, eine verzweifelte Intensität in Stimme und Blick. Das war derzeit ihre Art im Umgang mit dem männlichen Geschlecht.

»Sehr gut, danke«, sagte Joseph und fügte hinzu: »In der letzten haben wir von den Praktiken der Minoer gehört, sobald sie in die Pubertät kommen.« Er machte sich über sein Schnitzel her.

»Ach, wirklich? Wie *fürchterlich* interessant!«, sagte Kitty.

»Ja, sehr. Willst du mehr hören?«, bot Joseph an.

»Kitty, liebes Kind! Kitty! Kitty! Sei so lieb und mach das Fenster ein Stück auf, ja? Die Luft wird hier drin immer so schrecklich schnell stickig!«, rief Mrs Thatcham sehr laut.

»Wir haben zwei Männer gesehen, die bereit sind, die Knochen gen Himmel zu werfen!«, rezitierte Lob, die Gabel in die Luft gestreckt und die Rs klangvoll rollend.

Es war nichts weiter als eine der zahlreichen Passagen aus Josephs Anthropologie-Büchern, die er aufgeschnappt hatte und bei Gelegenheit gern laut rezitierte, ohne Sinn und Verstand.

Mrs Thatcham rief der am Fenster stehenden Kitty zu: »Bring mir mal den Lampenschirm, der da auf der Fensterbank liegt! Ich möchte ihn allen zeigen! Es ist ein Hochzeitsgeschenk von Dodo Potts-Griffiths, das gerade von ihrem Chauffeur gebracht wurde. Sie hat ihn vollständig selbst gemacht, angemalt, zusammengebaut und alles, und er ist dermaßen heiter und hübsch!«

Kitty kam mit dem Lampenschirm zurück. Es war ein Pergamentwürfel, besetzt mit Lederbändern, die sich in den Ecken zu langen Troddeln zusammenfügten. Jede Troddel endete mit einem Knoten aus gefärbten Holzperlen – lila und gelb, einige aus Marmor, außerdem waren ein paar winzige Elefanten und Affen dazwischen. Auf dem Pergamentschirm befand sich eine elisabethanische Galeone.

Über und unter der Galeone waren herzförmige Blätter (die am oberen und unteren Rand des Schirms zwei Ringe bildeten).

Die Galeone und die Blätter waren in keiner Hinsicht naturgetreu gemalt, es war aber auch keine wirklich grafische Darstellung. Eher war es, als wäre irgendwie der Durchschnitt sämtlicher elisabethanischer Galeonen ermittelt worden und aller Blätter, die je auf einen Lampenschirm gemalt wurden, um dann eine Abbildung anzufertigen, die diesen Durchschnitt repräsentierte.

Die Galeone war in Rost- und Orangetönen gehalten. Für die Blätter hatte die Künstlerin anscheinend ein Drittel blaue Farbe, ein Drittel grüne Farbe und ein Drittel Staub gemischt – und die Umrisse mit dieser Farbe ausgemalt.

»Findest du ihn nicht auch wunderbar!«, rief Mrs Thatcham und hielt den Lampenschirm dem Kanonikus hin, im Gesicht den leidenden Ausdruck, der ihre Rufe der Bewunderung für einen Gegenstand stets begleitete. »Ein

Hochzeitsgeschenk für Dolly! Wie schön!«, rief sie schrill, das Gesicht langgezogen wie ein Geigenbogen. »Ich finde dieses heitere Muster so hübsch, das sie hier an den Rand gezeichnet hat! Es sind doch Weinblätter … oder?« Sie betrachtete mit angespannter Sorge den beblätterten Rand. »Ach nein! Es können doch keine Weinblätter sein! Diese sind ja herzförmig … vielleicht ist es Immergrün.« Sie setzte ihren Zwicker auf und stierte das Muster mit wildem Blick und gerunzelter Stirn an. »Ja! Das muss es sein! – Immergrün – wie raffiniert!« Ruckartig nahm sie den Zwicker von der Nase.

Alle starrten den bemalten Lampenschirm an, den Mrs Thatcham in der Hand hielt.

In diesem Moment war ein Geräusch zu hören, als hätte eine Katze geniest, und alle Blicke schwenkten in die Richtung, aus der das Geräusch gekommen war.

Joseph, den Kopf dicht über seinen Teller gebeugt, bebte von Kopf bis Fuß und nieste immer mal wieder wie eine Katze – oder jedenfalls klang es so.

Die Gesellschaft begriff, dass der junge Mann von einem Kicheranfall befallen war, und alle wirkten überrascht; ausgenommen Evelyn, für die Lachen und Kichern war, was für einen Fisch das Wasser ist. Weshalb sie einstimmte, ohne im Detail zu verstehen, worum es ging.

Der junge Mann, dem offenbar nicht klar war, dass ihn der gesamte Tisch beobachtete, schüttelte weiterhin hysterisch den gebeugten Kopf, als würden Fliegen seine Ohren umschwirren; er schlug mit den Handflächen auf die Stuhllehnen, zitterte von Kopf bis Fuß und hüpfte die ganze Zeit auf seinem Sitz auf und ab, als säße er in einem rumpelnden Taxi. All das ging still vor sich, von den explosionsartigen Katzenniesern abgesehen.

Ohne jede Vorwarnung warf er sein erhitztes Gesicht schwungvoll in den Nacken und schüttelte sich mit einer freimütigen Geste die ungezügelten Locken aus den Augen. Aber sofort schien er erneut aus seinem Stuhl zu springen und mit einem platzenden Niesen wieder zu landen, das hundert Mal kraftvoller war als jedes vorherige.

»Da scheint sich ja jemand prächtig zu amüsieren«, sagte Mrs Thatcham. Sie griff nach dem Salatbesteck aus schwarzem Horn und beförderte einen Batzen gewürfelte Kartoffeln und Rote Bete in Mayonnaise auf ihren Teller.

Joseph hob den Kopf, schleuderte erneut die Locken zurück und warf mit einer herrschaftlichen Geste den Arm aus, erfasste das silberne Salzfass und ließ es durch die Luft auf seinen Teller zurauschen, wo er mit weit ausholenden Kreisbewegungen Schauer aus Salz aus dem kleinen perforierten Silberleuchtturm auf seine Schnitzel schüttete.

»Was hältst *du* eigentlich von dem Geschenk von Miss Dodo Potts-Griffiths?«, fragte Evelyn ihn, und ihre zusammengekniffenen Augen spiegelten das sonnenbeschienene Grün des Gartens vor dem Fenster.

Mit zwei recht schwachen Niesern griff Joseph nach dem Wasserkrug, bewegte ihn über seinem Glas auf und nieder (wie einen

Eimer in einem Brunnen) und goss dabei jedes Mal einen dünnen Strahl Wasser ein.

»… Ach! … Von dem Lampenschirm?«, sagte er plötzlich mit erschrockener Stimme. Er schüttelte sich ein paar vereinzelte Strähnen aus der Stirn. »Also, in jedem Fall ein äußerst gekonnter Ausdruck des Herdentriebs und eine Freude für denselben, das muss ich zugeben, und damit wirklich ein äußerst angemessenes Hochzeitsgeschenk.« Er steckte sich ein dickes Stück Brotkruste in den Mund, mampfte gefräßig und bekam mit ausgestreckter Hand eine riesige Schüssel Trifle zu fassen, aus der er sich durchaus großzügig bediente.

»Was für eine Enttäuschung!«, sagte Mrs Thatcham und atmete mit einem lauten Zischlaut ein. Sie streckte ihren runden, betagten Arm nach dem Lampenschirm aus. »Jedenfalls scheint Miss Griffiths *hier* nicht viel Anerkennung für ihre Talente und Mühen zu finden.« Wieder zischte es, als sie durch die beinahe geschlossenen Zähne Luft einsog. »Lob, lieber Junge, bist du eigentlich für die Kirche fertig? Die Zeremonie ist um zwei, weißt du! Ich möchte, dass ihr alle zehn Minuten vorher auf euren Plätzen sitzt. So sehr es mich immer amüsiert, euch junge Dinger über die erfahrenen und kunstfertigen Arbeiten der Frauen von Welt reden zu hören – alt genug, um eure Großmütter zu sein –, die ihr Talent schon erprobt haben, als *ihr* noch in der Wiege lagt … wie auch immer. S-s-s-s-ssh-shs-s-s. Gib mir deinen Teller, Tom, ich gebe dir noch Trifle. Ich *komme* einfach nicht darüber hinweg, dass wir so wunderbares Hochzeitswetter haben!« Sie lehnte sich, sehr aufrecht, zurück, spielte mit den schmalen goldenen Armreifen an ihrem linken Handgelenk und starrte Joseph unverwandt aus einem ausdruckslosen orangefarbenen Auge an.

Sein kleiner Anfall war nun endgültig vorüber. Solange er angedauert hatte, war er ekstatisch gewesen und aus vollem Herzen gekommen; jetzt machte sich Joseph, wie ein Spatz, der sein Staubbad nach drei, vier Minuten unbekümmert flatternder Raserei beendet, wieder daran, in seinem Essen herumzupicken, je nachdem, was ihm gerade ins Auge fiel.

Und nun geschah, was viele jüngere Familienmitglieder befürchtet hatten. Tante Bella, eine unverheiratete Schwester von Mrs Thatcham, erschien in ihrer Mitte.

»Tierfütterung ist also in der Bibliothek!«, rief Bella, als sie über die Schwelle trat. Sie lachte herzhaft und mehrere Minuten lang. Tante Bellas geblümtes graues Spitzenkleid und ihr wehender Schal brachten ihre zimtfarbene Haut und ihre schwarzen Augen vorteilhaft zur Geltung. Ihre Diamantohrringe, die blitzten und funkelten und hin und her schaukelten, ihr graues Schlangenlederkosmetiktäschchen, Schuhe und Handschuhe wirkten allesamt neu und teuer und ließen an Schaufenster denken. Sie setzte sich ins Fenster und ließ den Blick dabei durch den Raum voll junger Leute schweifen. Es gab nicht genug Stühle für alle, und die jüngeren Familienmitglieder standen auf, gingen unsicher hin und her und kauten an ihren Sandwiches und *petits fours.*

»Ach, ich bin so schrecklich stolz auf mein schönes neues Auto! Du kannst es dir nicht vorstellen!«, flüsterte sie dem glasäugigen Tom vertraulich und geradezu entzückt zu und lachte sehr herzlich, wobei sie seinen Arm durch ihren schob.

»Ach ja? Wirklich?«, antwortete er und machte eine steife kleine Verbeugung.

»Und ach! – Mein Chauffeur ist ein solcher Schatz! Weißt du, Tom«, sie senkte erneut die Stimme, »er behandelt mich einfach, als wäre ich – ich weiß nicht *was!*«

»Ach, wirklich?«

»… aus Zucker oder … aus etwas, das beim kleinsten Regentropfen schmilzt! Etwas, das man aufmerksam pflegen und um das man sich kümmern muss!«

»Ach, nein. Wie angenehm«, murmelte Tom und verzog sich Richtung Mittagstisch.

»Es rührt mich geradezu, ich kann gar nichts dagegen machen, aber insgeheim amüsiert es mich auch ziemlich!«, fuhr Bella fort, und ihr Blick wanderte zu dem rothaarigen

Lob. Wieder lachte sie spitzbübisch, dann stand sie auf und ging zu ihm.

»Und, Lob! Wie geht es dir so!«

Schon bald erzählte sie ihm von ihren Angestellten in ihrem Haus auf der anderen Seite der Bucht; sagte, er müsse sie dort besuchen, damit sie zusammen über die ganze *ménage* lachen könnten. »Und weißt du, Lob« – ihre Stimme schrumpfte zu einem Flüstern – »diese drei lustigen Alten – die Wäschemagd, das Zimmermädchen und die Köchin – sind seit dreißig Jahren bei mir. Seit sie mir aus dem Dorf geschickt wurden! Und, ach! Es sind so liebe, wunderliche Personen – und weißt du, Lob – ich sollte das nicht sagen, aber sie verehren mich einfach, als wäre ich wer weiß was, die Königin von England! Wirklich!«

»Meine Liebe«, antwortete der heitere Lob mit unerwartet lauter Stimme und hielt sein Weinglas für einen Moment ins Licht, »das interessiert mich alles nicht die Bohne! Nein! So, wie *ich* es sehe, ist die Frage eine ganz andere. Es geht doch *darum:* Kann man ein Rücksichtsloser Freigeist sein, ohne sehr viel Geld auszugeben?«

Seine Tante Bella wirkte verblüfft.

Es war tatsächlich so, dass Lob niemals einem Gespräch folgte, und heute hatte er das Glück, bereits vier Gläser besten Sherry in die Hände bekommen zu haben, bevor der Wein serviert wurde.

»Denn genau das«, fuhr er fort und streckte seinen langen Ringfinger aus, »möchte ich sein, auch wenn andere Dinge gleichwertig sind.«

»Was meinst du denn bitte damit – welche anderen Dinge sollen gleichwertig sein?«, fragte die kleine Evelyn Graham, die in ihrer grauen Felljacke dicht hinter ihm stand.

»Ah – ha! Ha! Ha!«, rief Lob, so unbestimmt wie begeistert, brach in schallendes Lachen aus und wackelte neckisch vor ihr mit dem Finger herum.

»Es tut mir leid zu hören, dass du in deinem jugendlich unschuldigen Alter so niederträchtige Zukunftspläne schmiedest«, sagte

Tante Bella. Sie wirkte, als wäre ihr unbehaglich. Als Kanonikus Dakin an ihr vorbeiging, ergriff sie seinen Arm.

Mrs Thatcham rief Lob von ihrem Platz am Mittagstisch zu: »Ich glaube, du stellst besser mal das Glas ab, lieber Junge … Warum gehst du nicht eine Runde im Garten spazieren? Die frische Luft wird dir guttun. Geh und zeig Bob unsere schöne neue Mimose in dem kleineren Gewächshaus. (Bring den Jungen um Himmels willen an die frische Luft, Bob, und lass ihn auf keinen Fall in diesem Zustand in die Kirche kommen.) Jetzt schon angeheitert. Enttäuschend!«

In der Zwischenzeit war niemand Geringeres als der Bräutigam auf der Bildfläche erschienen. Allseits wurden Rufe des Erstaunens laut.

Owen war ein Mann mit enorm breiten Schultern und einem bulligen Nacken; er hatte ein gerötetes, schlichtes, gütiges Gesicht, obwohl er in diesem Augenblick skeptisch schaute.

»Ach, Mrs Thatcham, es ist wirklich furchtbar von mir! Ich weiß, dies ist im Moment der letzte Ort, an dem ich sein sollte!« Er lachte herzlich, war aber sichtlich verlegen. »Das Problem ist, Dolly hat den Ring! Sie hat ihn genommen, damit der Juwelier ihn weiten kann. Sie hat versprochen, ihn dem Trauzeugen zurückzugeben, aber – äh – hm – äh – offenbar hat sie es vergessen.« Er senkte den Blick und sah eine hohe gelbe Narzisse, die sich seitlich aus dem Topf ihm zuneigte, vorwurfsvoll an.

Tom wurde nach oben in Dollys Zimmer geschickt, um den Ring zu holen.

Die Gesellschaft begab sich wieder in den Saal. Bella, die ein paar Schallplatten mitgebracht hatte, legte eine davon auf das Grammofon.

Owen sah sich von vielen merkwürdigen Mitgliedern seiner Schwiegerfamilie umgeben, die er noch nie gesehen hatte. Mit strahlendem Gesicht und blitzend weißen Zähnen ging er nun zwischen ihnen umher und rief

»Großartig! Großartig! Herrlich! Ach, herrlich! Großartig!« durch den Raum.

Irgendwann machte jemand »Schh« und zischte wie eine Schlange, damit es ruhig wurde und man die neue Schallplatte hören konnte.

Es war Miss Spoon, die ehemalige Hauslehrerin der Mädchen.

Owen wirkte eingeschüchtert und ließ sich schlagartig aufs Sofa sinken, um zuzuhören.

Die Schallplatte hatte gerade erst begonnen, als Owen mit unbehaglichem Gesichtsausdruck den Takt zu schlagen begann. »Ta, ta, ti-ta!«, wisperte er, mit einem Finger den Takt klopfend, und warf Kitty einen unsicheren Seitenblick zu, als sie sich neben ihn auf das Sofa setzte.

Er beugte sich zu ihr vor und flüsterte: »Das ist ein ganz großartiges Stück! Ein altes Lieblingsstück!«

Kitty starrte ausdruckslos direkt in Owens gerötetes Gesicht, dessen gesamte linke Seite, wie ihr auffiel, im hellen Frühlingslicht in einem stählernen Hellviolett schimmerte. Hinter seinen starren Zügen versuchte sich etwas erbärmlich Schuldbewusstes und Ängstliches zu verbergen.

Tom kehrte mit dem Ring zurück und ging am Sofa, auf dem Kitty und Owen saßen, vorbei zu seinem jüngeren Bruder, woraufhin die beiden hinter sich ein ärgerliches Flüstern hörten.

»Robert! Ich bitte dich – ich flehe dich an! – Ich bitte dich, dir nur einen Moment lang etwas vorzustellen! Tust du das, Robert? Hör zu. Du kniest in der Kirche, Robert! Die Zeremonie ist in vollem Gange: Der Geistliche predigt, die Kirche ist voller Blumen, alle, alle sind so gut gekleidet wie nur möglich, Robert. Und dann blickst du auf! Du siehst einen Mann vom Rugby, der dich über den Gang hinweg anstarrt! Auf seinem Gesicht liegt ein seltsames Lächeln, Robert. Und er starrt. Und starrt. *Nach unten auf deine Socken* …« Hinter dem Sofa war eine heftige Balgerei zu hören, auf einmal stürzte Robert an ihnen vorbei in den Salon.

Tom folgte ihm auf dem Fuß und stieß an der Ecke mit Mrs Thatcham zusammen.

»Was? Sie waren noch nie in Chidworth!«, rief sie an den Fremden mit weißem Schnauzbart neben sich gewandt aus. »(Liebes Kind, guck doch, wo du langläufst, s-s-s-sh-s-s-s.) Aber Sie müssen nach Chidworth! An einem schönen Tag können Sie von dort aus drei Counties sehen! Und der kleine Ort ist so hübsch! Die ganzen kleinen Gärten sind so heiter und fröhlich ... Von dort sind es fünf Meilen bis Waddingchitwold, wissen Sie ...« Während sie ihren Gast durch den Saal in Richtung der Treppe lenkte, murmelte sie: »Ich habe dafür gesorgt, dass Sie das violette Zimmer bekommen; von dort haben Sie eine recht schöne Aussicht ...«

»Das violette Zimmer? Mum, wie viele Leute sollen denn noch ins violette Zimmer?«, rief Kitty von unten. »Bob! Mr Spigott! Tante Bella! Miss Spoon! – Nur schade, dass das Bett so schmal ist!«

Aber ihre Mutter war bereits mit ihrem Gast verschwunden und hörte sie nicht.

Kitty stürmte in den Salon. Kurz zuvor hatte sie Joseph Patten dorthin verschwinden sehen. Da war er, wieder allein im grünen Dämmer, diesmal allerdings in einem anderen Sessel. Jetzt sah sein Gesicht vor dem gläsernen, mit Farnen gefüllten Wintergarten schwarz aus.

»Mum macht das Leben in diesem Haus unerträglich«, sagte Kitty und warf sich in einen Sessel. »Gestern habe ich mir wirklich Sorgen um ihren Geisteszustand gemacht! Es kann ja sein, dass man im fortgeschrittenen Alter aus dem Tritt kommt, weißt du. Erst klingelt Mum nach Millman: ›Millman! Sagen Sie der Köchin, sie soll von der Leberpâté zwei Töpfchen mehr machen, für die Sandwiches morgen.‹ Kaum hat Millman das Zimmer verlassen, sagt sie: ›Kitty! Lauf und sag Millman, wir brauchen doch nicht mehr Pâté als sonst. Wir lassen mehr Sandwiches von Gunters liefern.‹ Und später geht sie nach unten und staucht die arme alte Köchin zusammen: ›Wo sind die beiden Extratöpfchen Leberpâté?‹ ›Ich habe keine Anweisung bekommen, zusätzliche Leberpâté zu machen, Madam.‹«

»Ist Dolly *immer* noch nicht angezogen?«, unterbrach Joseph sie.

»Ich weiß es nicht. ›Ich habe keine Anweisung bekommen, zusätzliche Leberpâté zu machen, Madam.‹ Darauf sagt Mum: ›Sie meinen, Millman hat vergessen, Ihnen Anweisung zu geben? Also! Sie ist wirklich ein seltsamer Mensch!‹ Und dann zischt sie die arme alte Köchin an.«

Kitty gab ein wildes, seltsames Gackern von sich, wie ein Huhn, das plötzlich gefangen wird, und sah Joseph an.

Er hielt das Gesicht abgewandt und wischte sich mit einem großen Taschentuch etwas von der Wange.

»Geht es dir nicht gut, Joseph? Oje, oje, oje, du warst mein einziger Lichtblick bei diesem elenden Familientreffen …«

Aber der junge Mann hatte sich erhoben und ging nun schnellen Schrittes aus dem Zimmer, ohne zuzuhören.

»Ach, ist das alles trostlos!«, dachte Kitty. »Lob ist ein Idiot. Evelyn hält mich für provinziell – das weiß ich genau; ich weiß es; und sie will nicht mit mir reden. Tom verfolgt die ganze Zeit Robert, wie ein Tintenfisch seine Beute tief im Meer – da gefriert einem ja das Blut in den Adern, wenn man sie beobachtet … Aber vielleicht kommen nachher zur Feier ja ein paar Marineoffiziere.« Sie begann sich sonnengebräunte Männergesichter auszumalen, die am Büfett im Halbkreis um sie herumstanden, und klare meerblaue Augen, die eindringlich in ihre blickten. Und sie fragte sich, wie um alles in der Welt sie diese klaren Augen davon abhalten sollte, nach unten zu sehen, auf ihre geschwollene Hand, in der sie eine Glasschale mit Eiscreme hielt – plötzlich voll Abscheu zu bemerken, wie groß, grob und lila sie neben dieser zarten rosafarbenen Eispyramide wirkte … oje, oje, diese beschämenden Hände! Was für ein schreckliches Pech! – Mein Gott? Was für ein Pech!

III

In der Zwischenzeit war die künftige Braut damit beschäftigt, sich für die Hochzeitszeremonie anzukleiden.

Dollys weiß gestrichenes edwardianisches Schlafzimmer ragte über den Küchengarten hinaus wie ein kleiner Eckturm. Es befand sich ganz oben im Haus und war über eine steile, schmale Treppe zu erreichen. Trat man zur Schlafzimmertür hinein, konnte man sich leicht vorstellen, sich in einem Heißluftballon oder in einem Leuchtturm zu befinden. Man sah nichts als das blendend weiße Licht, das auf allen Seiten durch die großen Fenster strömte, und durch das Bogenfenster, der Tür direkt gegenüber, schimmerte hellblau die Meeresbucht von Malton.

An diesem Vormittag lag die Landschaft hinter jedem einzelnen der großen Fenster goldglänzend im Sonnenlicht. An den Hängen eines nahe gelegenen kleinen Hügels, jenseits der Eisenbahnschienen, wuchsen dichte Haselnusssträucher. Heute, da die Sonne durch die nackten Äste strahlte, schienen es gar keine Bäume zu sein, sondern Schichten von etwas Durchscheinendem, das über die Hügel schwebte – braune Atemwolken, hier dunkel, dort hell –, von der Sonne beleuchtet.

Und überall auf dem Land sahen die kahlen Sträucher an diesem Morgen aus wie hauchdünne braune Tücher; sie waberten über die Hügel, hier schillernd, dort düster – je nach Sonnenlicht und Schatten in ihren bronzefarbenen und gazeartigen Faltungen.

Drinnen stand Dolly über den hölzernen Waschtisch gebeugt und weißte ihre schwarzen Augenbrauen mit Schaum, die Nase leuchtend rosa und tropfend vor Seifenwasser. Die Seite ihres Gesichts, die vom Schwamm gerade nicht verdeckt war, zeigte einen vorwurfsvollen, bestürzten Ausdruck.

Überall in dem luftigen Schlafzimmer bückten sich verschiedenste Bedienstete in schwarzen Röcken und weißen Blusen nach Strümpfen und Strumpfbändern oder wärmten Satinschuhe und Unterkleider am Kohlenfeuer.

Auf einem Tisch im Erkerfenster stand eine Glasvase mit einem Strauß langstieliger Narzissen. Die Blütenköpfe an den dünnen, gewaltigen Stängeln waren nicht größer als Sixpenny-Stücke, jedes mit gerüschter orangefarbener Mitte. Zwischen den Narzissen steckten ein oder zwei rote Zwergtulpen.

Kalte Windstöße drangen durch das leicht geöffnete Fenster und versetzten die Blütenköpfe in Unruhe, begleitet von einem beständigen Quietsch, Quietsch, während der lose Riegel des Fensters hart gegen den Rahmen schlug. Das war für alle, die sich im Zimmer aufhielten, zweifellos unerfreulich; köstlich dagegen musste der frische, süße, frühlingshafte Duft der Narzissen sein, der mit jeder neuen Brise vom Fenster herüberwehte.

Als Dolly sich fertig gewaschen hatte, ordnete sie ihr schwarzes Haar mit den rostroten

Strähnen. Sie tauchte etwas, das aussah wie ein weicher orangefarbener »Captain«-Keks, in eine rosa Schale auf dem Frisiertisch und wischte und tupfte anschließend damit über ihr vorwurfsvolles Gesicht, woraufhin ihre Haut gleichmäßig mit hellem, weizenfarbenem Puder bedeckt war.

Die ganze Toilette wurde so durchgeführt, wie ein abgerichteter, aufrecht sitzender Elefant im Zirkusring Toilette machen würde – lustlos, unbeholfen, als wären ihre Arme bleischwer.

Mit Jessop, der älteren Zofe ihrer Mutter, und mit ihrer lieben Freundin Rose, der jungen Näherin, plauderte Dolly ein wenig, aber ihre Stimme war wie ein Klavier, das die ganze Zeit mit Dämpfer gespielt wird, sodass es kaum zu hören ist.

Jessop, schwarz gekleidet, ihre Nase so lang wie die eines Ameisenbärs, ihr Gesicht so gelb und faltig wie eine Aprikose im Laden, kreiselte wie üblich auf Zehenspitzen durch den Raum, als befände sie sich im abgedunkelten Zimmer einer Kranken; und wie immer trug ihr gelbes Gesicht eine schmerzliche Miene zur Schau, als wisse sie, dass irgendwo im Haushalt etwas sehr Beschämendes vor sich gehe, das sie jedoch nichts anging. Sie bewegte sich mit einer Art bescheidener Erhabenheit, wie es Könige wohl gerne tun, den Blick auf den Teppich gerichtet.

»Ich habe meine weißen Satin-Hochzeitsschuhe gestern zum Dinner getragen, Jessop«, flüsterte Dolly. »Und jetzt sind sie an der Spitze grau und schmutzig; es ist fürchterlich.«

»Tsstss! Das hätten Sie nicht tun sollen Miss«, hauchte Jessop. Sie wirkte etwas beleidigt. Mit gesenkter Stimme wisperte sie vertraulich: »Macht nichts, Miss! Geben Sie sie mir, dann sehen wir, was wir tun können. Wissen Sie, Miss, wir haben viele, viele Jahre mit solchen kleinen Problemen verbracht, da haben wir mit der Zeit ein, zwei kleine Kniffe gelernt, Sie werden sehen …«

Dolly hielt ihr die weißen Satinschuhe hin.

»Danke, Miss«, hauchte Jessop mit gepresster Stimme, den Blick auf den Teppich gerichtet.

Sie nahm die weißen Schuhe in ihre faltigen Klauen und glitt majestätisch mit ihnen zum Erkerfenster.

Rose, ein sehr hübsches, blasses Mädchen mit dichten schwarzen Wimpern, das immer bestens gelaunt war – ein Mädchen, das ständig Dinge auf den Boden des Nähzimmers fallen ließ und ausrief: »Paff! Fort mit meinen falschen Zähnen!«, um dann in dröhnendes Gelächter auszubrechen –, wirkte heute sehr feierlich, als sie die Häkchen an Dollys Brautkleid schloss.

»Prinzessin Teresa«, sagte Rose mit ihrer hohen silbrigen Stimme, als sänge ein kleiner Vogel (sie meinte das Mitglied eines ausländischen Königshauses, das jüngst einen Engländer geheiratet hatte und in allen Zeitungen zu sehen gewesen war), »Prinzessin Teresa hatte eine wunderschöne Hochzeit, nicht?«

Rose schloss nachdrücklich das letzte Häkchen. »Als der Geistliche sie gefragt hat, ›Wer nimmt diesen Mann zu seinem rechtlich angetrauten Ehemann‹, soll die Prinzessin mit so klarer Stimme ›Das bin ich‹ geantwortet haben, dass es noch ganz hinten deutlich zu hören war.«

Dolly sah Rose an. Sie fand, dass sie emotional wirkte, und ernster, als sie sie je erlebt hatte.

Die Frau begann, den langen Brautschleier an dem Perlendiadem zu befestigen, das wie ein Seestern über Dollys Stirn aufragte. Der Schleier, der Dollys reicher portugiesischer Großmutter gehört hatte, wirkte in dem kleinen Schlafzimmer unendlich lang und bauschig. Riesige Wogen, bestehend aus Falten über Falten voll filigraner Vögel und Blumen, ergossen sich über das Bett, den Schaukelstuhl, den Tisch und alles andere.

Als Dolly den langen Brautschleier betrachtete, der immer weiter und weiter ging, und die Frauen um sie herum, die so geschäftig waren, wusste sie, dass in ihrem Leben etwas

Bemerkenswertes und Erschütterndes zuverlässig seinen Lauf nahm.

Es war ihr bewusst; aber es war, als läse sie in einem Buch aus der Leihbücherei davon, nicht, als erlebte sie es selbst.

»Sind das nicht besonders hübsche Blumen?«, fragte Rose und deutete mit dem Kinn in Richtung des Brautstraußes aus Lilien und weißen Nelken, der in einem blauen Wasserkrug in der Ecke stand.

»Dolly!«, rief eine Männerstimme von der Treppe her.

Die Tür war offen. Dolly erkannte Josephs Stimme. »Was! Schon wieder?«, sagte sie zu sich selbst.

»Hallo!«, echote sie schwach.

Es herrschte Stille.

»Hallo!«, rief sie noch einmal, aber in ihrer derzeitigen Verfassung war es nicht lauter als das Miauen einer sterbenden Katze.

Wieder Stille.

»Kommst du bald runter?«, rief Joseph schließlich.

»Ich weiß es nicht«, antwortete sie. »Ich bin noch nicht angezogen.«

Es folgte eine beträchtliche Pause.

»Komm mal runter«, war endlich Josephs Stimme zu hören.

»Aber warum um alles in der Welt *sollte* ich?«, sagte Dolly vor sich hin. Laut wiederholte sie träge: »Na ja, weißt du … ich bin noch nicht angezogen.«

Es folgte eine lange Pause, und Dolly nahm an, er wäre weggegangen.

»Bist du bald fertig?«, erklang Josephs Stimme noch einmal.

Dolly wartete und sagte dann in sorglosem Singsang: »Ach, ich habe keine Ahnung … tut mir leid … Ich habe nicht die geringste Ahnung.«

»Also, ich bin dann im Salon«, krächzte Joseph, aber irgendwas schien seine Stimme diesmal zu ersticken und Dolly verstand nicht, was er gesagt hatte. Seine Schritte entfernten sich über den Flur.

Dolly war nun angezogen und bereit für

die Hochzeit. Sie sagte den Bediensteten, sie könnten gehen. Als sie allein war, raschelte sie in ihren langen Röcken hinüber zum Erkerfenster und setzte sich auf die Fensterbank ins Sonnenlicht.

Draußen auf dem Krocketrasen stand einsam eine kleine Gestalt, hinter der sich ein scharlachroter Umhang im Wind bauschte. Es war Mrs Thatcham, sie untersuchte einen schwarzen Fleck zu ihren Füßen.

Als Dolly Whitstable, den Gärtner mit seinem weißen Panamahut und dem gewachsten gelben Schnurrbart, den Weg zwischen den Kohlköpfen unter ihr entlangkommen sah, öffnete sie das Fenster und rief ihm zu: »Whitstable! Ist das etwa die Schildkröte, da auf dem Krocketrasen? Ist sie wieder da?«

»Ja, Miss!«, rief Whitstable zurück. »Ja! Ich wusste doch, dass sie hier irgendwo sein muss! Im Winter hab ich sie ein, zwei Mal gesehen, ans Ofenrohr vom Gewächshaus gekuschelt – ich kann's ihr nicht zum Vorwurf machen.«

»Sagen Sie Millman bitte, die Mädchen sollen sie sofort einpacken«, schrie Dolly. »Ich werde sie mit nach Südamerika nehmen! Da wird es ihr viel besser gehen als in diesem windigen Klima.«

»Ja, Miss.« Whitstable stapfte in Richtung Küche.

Hinter sich hörte er zwischen den Windstößen Dollys Stimme: »… Keksdose … große Löcher in den Deckel … Salatblätter!«

»Wird gemacht, Miss!«

Er bog um die Ecke.

Dolly hörte ein Klopfen an der Tür, wandte den Kopf und sah die kleine Evelyn vorsichtig ins Zimmer kommen, in der Hand ein Glas roten Portwein. Hinter ihr ging Kitty.

Die Mädchen kamen herein und schlossen die Tür. Evelyn setzte sich in den Schaukelstuhl.

Dolly leerte das Glas mit wenigen Schlucken. »Nicht, dass ich den bräuchte«, bemerkte sie. Sie griff mit ihrer molligen weißen Hand hinter den Vorhang, holte eine hohe, schmale

Flasche hervor, auf der »Jamaica Rum« stand, und hielt sie Evelyn hin.

»Sieht so aus, als bräuchtest du ihn tatsächlich nicht«, sagte Evelyn, der aufgefallen war, dass die Rumflasche halb leer war.

Kitty hatte ihren breiten rotlippigen Mund geöffnet, um Dollys Schönheit zu preisen, wie sie da in ihrem Brautkleid im Sonnenlicht saß, und ließ ihn nun offen stehen, vom Anblick der Flasche paralysiert.

»Oh! Wie absolut furchtbar«, sagte sie schließlich. »So etwas hätte ich nie für möglich gehalten! Eine Braut, die oben im Schlafzimmer sitzt und Rum säuft! Aus der Flasche! Unmittelbar bevor sie die Kirche betritt, um zu heiraten!«

»Tatsächlich«, murmelte Dolly und zog überrascht die schwarzen Augenbrauen hoch. »Tja, dann hast du wohl noch viel zu lernen, mein Kind«, fügte sie hinzu und seufzte.

Kitty stand in ihren gelben hochhackigen Satinschuhen auf dem Messinggitter vor dem Kamin und versuchte, das Gleichgewicht zu halten. »Ich sage es ungern, Dolly, aber in mancher Hinsicht wird es gut sein, wenn du nicht länger im Haus bist. Zumindest werden die Dienstmädchen nicht mehr demoralisiert.«

Dolly lachte halbherzig.

»Wenn das nicht nett ist, seiner Schwester am Vorabend ihrer Abreise nach Südamerika so etwas zu sagen«, murmelte sie.

»Ich bewundere dich und deine Freunde schrecklich, Dolly!«, rief Kitty, rutschte ab und stieg wieder auf das Kamingitter. »Ich weiß, du bist sagenhaft klug! Und interessant! Und auch geistreich. Aber deine Ansichten zu gewissen Dingen sind wirklich absolut GARSTIG – es gibt kein anderes Wort dafür! Du weißt, was ich meine … Und sogar an deinem eigenen Hochzeitstag! … Und da unten sagt Joseph wieder so dumme, schreckliche Sachen …«

»Was für Sachen?«, flüsterte Dolly schwach.

»Ach, ist doch egal. Du hältst es sowieso nur für witzig.«

»Du musst es uns erzählen!«, sagte Evelyn.

»Ach, na gut … also, ich habe Joseph erzählt, dass es Engländern, wenn sie verliebt sind, an Poesie mangelt … so fing es an. Ich hab ihm von diesem schrecklichen Robinson erzählt, diesem jungen Kerl aus Malton. Wie er mich nach dem Tanzen in den frühen Morgenstunden mit dem Auto nach Hause gebracht hat und wir eine Panne hatten und um fünf Uhr früh zu Fuß den Hügel hochgehen mussten, und statt den Sonnenaufgang zu betrachten, oder mich, stapft er vor sich hin und nuschelt mit einem Gesicht so düster wie Donnergrollen: ›Nach heute Abend wird mein Name in Malton keinen Dreck mehr wert sein! Keinen Dreck!‹ ›Also wirklich, mein Lieber‹, sagte ich zu ihm, ›ist es nicht vollkommen *egal*, was an einem Ort wie Malton von einem gedacht wird?‹ Ich habe Joseph erzählt, dass ich Barbara McKenzie um ihren spanischen Marineoffizier beneide, der ihr im Mondlicht etwas auf seiner Ukulele vorspielt und sich seiner Liebe für sie nicht schämt. Übrigens fahre ich im Herbst nach Spanien, Doll, mit Ursula

MacTavish und ihrer Familie. Wenn Mum mich lässt.«

Kitty hielt inne und betrachtete von beiden Seiten prüfend den Absatz ihres Schuhs.

»Ich habe zu Joseph gesagt, dass *er* bestimmt sehr schön Ukulele spielen würde«, fügte sie hinzu, »und ich könnte mir nicht vorstellen, dass *er* sich seiner Liebe zu einer Frau jemals schämen würde – glaube ich auch nicht! Na ja, aber er hat gesagt, ich soll den Mund halten, und wurde aus irgendeinem Grund ganz biestig, und dann hat er gesagt: ›Du musst wissen, Kitty, dass ich mir rein gar nichts mache aus deinem versnobten Gerede über Ausländer, Liebe, Poesie und Ukulelen. Du musst begreifen, dass es hier immer noch einige gibt, die diese Haltung bei unseren Frauen nicht schätzen. Wir sind es nicht gewöhnt, und wir wünschen es nicht. Es ist unenglisch. Mein eigenes Ideal ist immer noch der gut gebaute, saubere englische Gentleman mit schmutziger Fantasie, und ich hoffe immer noch, so einer zu sein. Ja, ich hoffe,

Großes zu erreichen‹ und so weiter und so fort.«

Kitty stampfte mit dem Fuß auf und wurde rot. »Ich *verabscheue* euch alle, wenn ihr so redet! … Ein englischer Gentleman hat *keine* schmutzige Fantasie, das sage ich euch! Er hat vielleicht keinen Sinn für Poesie und bestimmt ist er ein bisschen steif, aber eine schmutzige Fantasie hat er eben gerade *nicht!*«

»Woher weißt du das?«, erkundigte sich Evelyn aus dem Schaukelstuhl.

»Woher ich das weiß?«, rief Kitty, rutschte mit einem Knall vom Kamingitter und stieg wieder hinauf. »Hat Bob eine schmutzige Fantasie?« (Sie meinte den Kanonikus.) »Hatte *Dad* eine schmutzige Fantasie?«

»Schlimm. Schlimm«, murmelte Dolly mit deprimierter Miene, die Stirn an eine schlaffe Hand gelehnt, den molligen Ellbogen auf der Fensterbank.

»Du bist betrunken!«, sagte Kitty.

Dolly widersprach nicht.

»Ich finde das jedenfalls alles vollkommen

widerlich!«, rief Kitty und lief mit roten, brennenden Wangen aus dem Zimmer.

»Ich sage es ungern, Evelyn, aber diese Lektionen erhalten wir jetzt seit zwölf Monaten an jedem einzelnen Tag.« Dolly goss noch etwas Rum in ein Zahnputzglas. »›Schmutzig‹, ›sauber‹. ›Englischer Gentleman‹. ›Spanische Gitarre‹. Das ganze Haus schüttelt sich. Und das Schlimmste ist, nach einer Weile ekelt es einen richtig, wie damals, als wir einen Monat lang zu jedem Mittag- und Abendessen gekochten, in Stücke geschnittenen Kohl bekamen, weißt du noch? ... Dieser elende Joseph kann es nicht lassen, Kitty mit diesen Themen aufzuziehen.« Dolly seufzte. »Er stochert gern mit einem Stock im Wespennest herum, und dann läuft er weg und versteckt sich, und die Wespen fliegen natürlich direkt nach oben und stechen unschuldige Leute ...« Sie leerte das Glas. »Das mit den Sachen für das Lager in der Pall Mall war so ein Durcheinander«, fuhr sie flüsternd fort, die Stirn erneut an die kraftlose Hand gestützt, den Blick zu Boden gerichtet.

»Das Lager in der Pall Mall! Warum, was ist denn passiert?«

»Also, du weißt ja, dass die alte Tante Minnie vor Kurzem gestorben ist.«

»Was?«, fragte Evelyn.

Dollys Stimme war jetzt zu leise, um sie zu hören. Sie war seit einiger Zeit immer schwächer geworden, und inzwischen kam es Evelyn vor, als telefoniere sie mit jemandem oben im Firth of Forth, bei sehr schlechter Verbindung und stürmischem Wetter.

»… ich habe gesagt, Tante Minnie ist vor ein paar Wochen gestorben«, wiederholte Dolly wispernd.

»Was? Wirklich?«

»Sie hat mehrere Schränke voller Kuriositäten hinterlassen, die sie gesammelt hat (wenn du weißt, was das ist), und sie sollten zwischen Kitty und mir aufgeteilt werden.«

»M-m-m?«

»Mutter hat eine Liste sämtlicher Gegenstände gemacht, bevor sie sie eingelagert hat, das wird vom Lager verlangt. Ich war so beschäftigt damit, Sachen für Südamerika zu besorgen, weißt du.«

Es trat Stille ein. Nur das Brummen des brennenden Feuers und das gelegentliche Quietschen des losen Fensterriegels waren zu hören.

Dolly seufzte schwer.

Sie fuhr fort: »Offenbar passte die Liste nicht zum Inhalt der Schränke. Dieser Wüstling aus dem Lager – Humble oder Gumble oder wie er heißt – hat letzten Freitag das ganze Zeug zurückgeschickt. Mit dem Ergebnis, dass ich seitdem im Keller zwischen brennenden Kerzen auf dem Fußboden sitze und alles sortiere – knietief in alten spanischen Münzen, Schlüsseln und wer weiß was.«

Ein Ächzen teilte Evelyns Lippen. Dolly fuhr beinahe unhörbar fort: »Und dann greift Mum so ein versifftes, besticktes kleines indisches Täschchen heraus, von Motten angefressen und schon halb in Fetzen. ›Na, wenn *das* nicht ein nützliches kleines Ding ist. Mir gefallen diese hübschen Fransen. Ich frage mich, wofür man das *benutzt* hat? Bestimmt haben sie darin ihre Turbannadeln aufbewahrt – was für eine gute Idee. Ich glaube, diese Schnalle muss durch diesen Ring hier. So was Hübsches!‹ und so weiter und so fort, und die ganze Zeit tut einem der Rücken weh, als würden Messer hineingestoßen.«

»Oje, das tut mir so leid!«, brach es aus Evelyn hervor. »Warum hast du mir nicht gekabelt, dass ich kommen und das übernehmen soll, Liebes? Du musst ja vollkommen erledigt sein, neben dem ganzen Packen und –« Bestürzt bemerkte sie den Ausdruck auf Dollys zu Boden gerichtetem Gesicht. »Oh, was für ein Elend, meine Liebste.«

Dolly saß mit gesenktem Kopf schweigend da. Und Evelyn sah mit Sorge, dass Tränen auf ihr weißes Satinknie tropften.

»Du bist müde, Dolly, Liebes. Und das ist ja auch kein Wunder. Ich wünschte nur, du hättest nicht den ganzen Rum getrunken! Aber dagegen können wir jetzt nichts mehr machen. Kopf hoch, Liebes, bald badest du unter blauem Himmel. Und dann ruhst du dich im Schatten von Palmen aus, die dir Luft zufächeln.«

Dolly putzte sich die Nase. »Du versprichst doch hoch und heilig, uns zu besuchen und eine Weile zu bleiben, oder?«, flüsterte sie. »Owen besteht darauf, dir die Überfahrt zu bezahlen. (Und er kann es sich leisten, das versichere ich dir.) Ohne dich werde ich da sicher nicht lange überleben.« Dolly hickste. »Oh Gott. Jetzt habe ich Schluckauf. Oje. Und Owen sagt, er auch nicht. Oh! Oje, oje.«

Evelyn versprach hoch und heilig zu kommen und gab Dolly ein Glas Wasser.

Und da es Viertel vor zwei war und Mrs Thatcham allen das Versprechen abgenommen hatte, zehn Minuten vor Beginn der Zeremonie in der Kirche zu sein, stand Evelyn widerstrebend auf und verließ Dolly.

»Fertig, liebes Kind?«, rief Mrs Thatcham vor der Schlafzimmertür, als sie gerade auf der schmalen Treppe an Evelyn vorbeigegangen war.

Sie kam herein, arrangierte Dollys Schleier neu, strich ihr ein, zwei Mal über das Haar und küsste sie.

»Ich bin stolz auf meine schöne Tochter«, sagte sie.

Angesichts dieser sanften, womöglich sogar zärtlichen Worte, in solch einem Moment, von diesem Menschen, wandte sich Dolly schroff ab und beugte sich hinunter, um geräuschvoll an dem losen, quietschenden Fensterriegel herumzufummeln.

»Geh schon nach unten, Mutter«, murmelte sie. »Ich habe noch ein, zwei letzte Dinge zu erledigen. Geh bitte. Ich habe wirklich noch zu tun.«

Ihre Mutter zögerte, aber als Dolly weiterhin an dem Riegel herumrüttelte und (noch immer ans Fenster gelehnt) plötzlich ausrief: »Dieses verdammte Ding! Mutter, *geh nach unten!*«, rauschte sie schließlich die Treppe hinunter.

Dolly stand da, den Fenstergriff fest umschlossen. Die von der Sonne erhellte Landschaft draußen zitterte durch ihre Tränen wie ein goldener, wogender Schleier.

Ihr fiel der Brief wieder ein, den sie am Morgen von einer gewissen deutschen Dame erhalten hatte, einer Freundin, die in München lebte. Mitten auf einer der Seiten hatte ihre Freundin geschrieben: »Mich verfolgt die ganze Zeit das Gefühl, dass dies meine letzten Jahre sind. Ich *kann* mich damit nicht abfinden, so sehr ich es auch versuche. Ich liebe Feuer, Lebendigkeit, Schönheit und Bewegung in allen Dingen ... und verachte es, ruhig im Sessel zu sitzen, überall Schmerzen, und die Zähne fallen einer nach dem anderen aus ... Ich bitte Dich inständig, liebste Dolly, genieß das Leben, so gut Du kannst, solange Du noch so jung und schön bist ...«

»Mit dem letzten Satz ist sie auf dem Holzweg«, dachte Dolly. »Das muss ich ihr schreiben. Weder Jugend noch Schönheit macht Menschen glücklich. Dafür ist ganz anderes nötig.«

Sie setzte sich auf die Fensterbank und

dachte wieder einmal an den letzten Sommer, den sie beinahe vollständig, jede einzelne Minute, mit Joseph verbracht hatte ... sie hatten zusammen ein Gartenhaus gebaut, waren mit seinem Boot immer an der Küste entlanggefahren ...

»Kein Wort! Kein einziges Wort, die ganze Zeit!«, stieß sie plötzlich laut hervor. Sie sprang auf die Füße, atmete tief ein und setzte ein Lächeln auf – sofern man es Lächeln nennen konnte. »Es ist alles gut! Er macht sich nichts aus mir, also wird er mich auch nicht vermissen!«

Von dem kalten Wind, der durch das Fenster blies, fühlte sich ihr Gesicht geschwollen und kühl an und sah grau und fleckig aus. Sie ging zu der Mahagonikommode, zog die tiefe obere Schublade auf, nahm ein Taschentuch heraus und sagte ein paar Minuten später unschlüssig: »Trotzdem ist er ein komischer Kauz!« Nach und nach fielen ihr bestimmte Vorfälle wieder ein, besonders einer. Bei einem Abendessen im Hotel in Malton war über eine bestimmte Sorte bröckeliger Kekse diskutiert worden, die mit Sirup gebacken wurden und aussahen wie harte braune Spitze. Sie hießen »Malheur«. »Was, du hast noch nie ein Malheur probiert!«, hatte Joseph neben ihr gesagt und ziemlich unvermittelt unter ihren großen Sommerhut geschaut. »Aber du musst eins probieren! Du wirst verrückt nach ihnen sein!« Aber der Punkt war, dass sein Gesicht, vor allem seine Augen und mit ihnen Josephs ganzes Wesen, mit stürmischer Leidenschaft nicht »Du wirst verrückt nach ihnen sein!« verkündete, sondern »Ich bin verrückt nach dir«.

(Genauso wie der Held in Tolstojs kleinem Roman *Familienglück* sich umdreht und der Heldin plötzlich etwas von Fröschen erzählt, und sie versteht, er will ihr damit sagen, dass er sie liebt. Dolly hatte den Roman kurz darauf gelesen.) »Allerdings hatte Tolstojs Held vermutlich nicht gerade einen Aperitif und ein paar Gläser Wein getrunken«, überlegte Dolly.

»Angenommen, nur mal angenommen«, dachte Dolly weiter, »Joseph käme jetzt hoch

wenn sie zufällig einen jungen Mann bei sich hatte, für den sie schwärmte, und der alten Dame irgendeine Nachricht von ihrer Mutter brachte. Whitstable warf an dieser Stelle dann schnell ein: »Sie ist nicht mehr ganz beieinander, Miss!«)

Dolly versuchte während dieser Gespräche immer, nicht Mrs Whitstables Hände anzusehen, deren Fleisch wegen ihres hohen Alters schwarz wie Ebenholz war – normalerweise wird das Fleisch erst nach dem Tod so schwarz – und deren Knochen und Gelenke, wie bereits erwähnt, so knotig und verdreht waren, dass sie buchstäblich nicht mehr als menschliche Hände zu erkennen waren.

»Natürlich habe ich mein Augenlicht inzwischen verloren«, wisperte der Wind in der Stechpalme, »und irgendwas scheint sich immer plötzlich in meinem Kopf aufzubäumen und mir wird schwarz und lila vor Augen und dann wird mir so schwindelig, dass ich nach hinten umkippe. Ach, das kann sich ja niemand vorstellen! Niemand kann sich vorstellen, wie

»Oh, sie wird sich an die Zeit erinnert haben, als Sie noch ein ganz kleines Ding waren«, erklärte Whitstable. »Ich vermute, sie hat gerade bemerkt, wie viel größer Sie geworden sind.« Er drehte sich um, als er dies zu Dolly sagte, die den Rückzug angetreten hatte, aber sie war schon durch die Tür, ehe er auch nur den Hals gedreht hatte.

Inzwischen raste Joseph, der in einem anderen Teil des Hauses Stimmen gehört hatte, durch sämtliche Zimmer, schneeweiß im Gesicht, und suchte überall nach Dolly. Schließlich sprang er erst die Hintertreppe und dann Dollys private Treppe hoch in ihr Schlafzimmer. Die Tür stand offen. Das Zimmer war leer. Auf dem Teppich lag eine rosa Dose mit orangefarbenem Puder. Ein starker Duft nach Narzissen stieg ihm in die Nase.

Auf dem Bett lag ein Haufen aus blauem Seidenpapier, dessen Ecken sich im Luftzug hoben und senkten. Der leere, verlassene Raum! Konnte irgendetwas bedrückender sein?

Die Uhr auf dem Frisiertisch zeigte fünf-

dem der Saal abging. Denn Joseph hörte die gedämpfte, verhaltene Stimme einer Dame sagen: »Ich weiß natürlich, dass man so ein Thema bei einem Anlass wie *diesem* nicht erwähnen sollte, aber wirklich!« – hier senkte sie die Stimme derart, dass sie im Saal nicht mehr zu hören war –, »so groß wie ein *Wagenrad* ... wenn ich es dir doch sage! ... und vollständig aus Veilchen bestehend ... wirklich! ...«

»... Aber wie kann er sich das denn leisten ...? *Sicher?* ...«, sagte eine andere, kräftigere weibliche Stimme.

»Wusstest du das denn nicht, meine Liebe? – *Regenschirmgriffe!*«, zischte die erste Stimme. »Haufenweise Geld!« Es war unterdrücktes Kichern zu hören.

»Mrs Drayton!« Dies war eine dritte Stimme, und Joseph erkannte in ihr den kleinen Jimmy Dakin. Er war der siebenjährige Schleppenträger und der jüngste Sohn des Kanonikus. Er sprach sehr tief, bedächtig und langsam. »Ich frage mich, ob Sie dieses Rätsel schon kennen?«, fragte Jimmy.

»Welches denn, mein Lieber?«

Es trat eine Pause ein, dann sagte Jimmy: »Sagen Sie mir bitte: Was ist der Unterschied zwischen einer Honig*wabe* und einem Honig-*mond?*«

»Grundgütiger! Das weiß ich bestimmt nicht!«

»Der Unterschied ist: Eine Honigwabe hat eine *Million* Zellen, und ein Honigmond nur *eine*. Ganz schön gut, oder?«

»Was? Mein liebes Kind! Wirklich!«

»Den hat Lily erzählt. Gut, oder?«

»Also, erzähl den bitte nicht dem Bräutigam, mehr verlange ich nicht von dir.«

Joseph hörte ersticktes Lachen.

Plötzlich kam Mrs Thatcham rückwärts durch die Schwingtür und dirigierte eine alte Tante in Richtung des Sofas neben dem Teetisch.

»Ich habe dir extra hier den Tee servieren lassen, Tante Katie, dann bist du nicht mitten im Gedränge. Oh! – *Das* ist ja nicht schön!« Mrs Thatchams Blick war auf die Briefmarkendose gefallen, auf die Stifte, den Briefhalter und den ganzen Rest, der auf dem Klavier herumstand. »Warum stehen denn die Schreibsachen auf dem Klavier? Ach! Sie muss den *Schreib*tisch für das Teegeschirr genommen haben, statt des Teetischs! Wie merkwürdig von ihr! Kannst du dir so was vorstellen? S-s-s-s-s-s-s. Wie seltsam!«

»Das war die verrückte Nellie aus dem Dorf, Mum«, kreischte Kitty, die hinter ihrer Mutter in den Raum gekommen war. »Ich habe dir ja gesagt, sie würde alles durcheinanderbringen; schau mal, hier liegt das Marmeladenglas zwischen den Scones unten im Brotkorb. Hast du schon mal so etwas Idiotisches erlebt?«

»Man sollte doch meinen, dass sie weiß, wie man einen Teetisch auseinanderklappt, in ihrem Alter. S-s-s-s-s-s-sh-sh. Was für eine seltsame Person«, sagte Mrs Thatcham reserviert.

»Der Tee sieht ganz köstlich aus, und das ist das Einzige, was zählt«, gurrte die alte Tante

Katie. »Ich würde geradezu *sterben* für diese herrliche Kapstachelbeermarmelade!«

Tante Katie war eine dünne, verschlagen wirkende alte Dame. Sie saß sehr aufrecht und hatte runde, schwarze Knopfaugen, die rätselhaft leuchteten – ob vor Freude oder vor Bosheit oder vor etwas ganz anderem, war schwer zu sagen. Sie trug drei Violetttöne und um den Hals viele schmale Gold- und Silberketten. Die Nase in ihrem blassen, listigen Gesicht war rot wie eine Kirsche. Ihr Kleid hatte einen Kragen aus weißer Spitze, auf der ein dünnes schwarzes Samtband aus feinen Bögen und Schleifen ein schriftähnliches Muster bildete. Ihr Gazeschal war so violett wie Alpenveilchen, wie die Flügel eines Schmetterlings mit Hunderten kleiner Abnäher besetzt und mit Spitze gesäumt.

Tante Katies Hüte sahen immer aus wie mediterrane Gärten in voller Blüte. Heute war ihr Hut seltsam groß und flach und trug auf seiner Krempe gleichmäßiges Buschwerk aus schwarzen Kirschen, lila und roten Geranien, gelb gesprenkelten Stiefmütterchen, irgendetwas Spitzem, Grünlichem – Hafer oder Fischadler – und wer weiß was sonst noch. Einige blasse rosa-silberne Rosen hoben sich vom Rest ab und wirkten wie kultivierte, blonde englische Baroninnen zwischen einer Horde Zigeuner. Sah man in ihre großen, faltigen, aschrosa Gesichter, empfand man kühle Erleichterung, als senke sich der Abend auf das Gleißen des Tages.

Tante Katie beugte sich vor. »Kommst du her und trinkst mit deiner alten Tante Katie Tee?«, fragte sie den kleinen Jimmy Dakin, der zögernd in weißem Satinjackett und Kniebundhose in der Tür zum Salon stand.

Jimmy setzte sich neben seine Großtante, und das Paar begann seine Mahlzeit.

»Wie ich höre, hast du letzte Woche mit deinen Cousins in Boxbridge Tee getrunken«, sagte die alte Dame und reichte dem Jungen eine Tasse.

»Ich hoffe, dein Cousin Roger war nett zu dir. Er neigt dieser Tage etwas zur Großspurigkeit. Wie man mir sagte, ist er Kapitän der Kricketmannschaft seiner Schule.«

Jimmys Gesicht war rund und braun wie ein Hühnerei. Er war ein winzig kleiner Junge. Alles in seinem Gesicht war so klein, dass man es kaum sah, und schien sich in der Mitte zusammenzudrängen, so wie sich die Rosinen in einem Brötchen aus irgendwelchen Gründen immer in der Mitte sammeln. Darüber waren zwei samtbraune Augen stets auf der Hut, und wenn sich der neugierige Blick eines anderen im Kegel dieses durchdringenden Blickes verfing, sahen sie augenblicklich zu Boden, und der andere blieb erstaunt zurück angesichts dieses sittsamen, zurückhaltenden, wohlerzogenen braunen Korinthenbrötchens.

Vom Sofa aus betrachtete Joseph voller Verzweiflung das Paar am Teetisch. Unmöglich, Dolly in einem der anderen Zimmer Auf Wiedersehen zu sagen, inmitten fremder Menschen! Und jetzt waren hier im Saal auch noch Jimmy und seine Tante, und Jimmy aß und sprach so unerträglich langsam, dass die beiden noch mindestens zwei, drei Stunden hier sein würden, so viel war klar.

»Dann bot Roger mir einen Teller mit Scones an«, sagte Jimmy langsam. »Ich habe mir einen genommen. Der Scone, den ich mir nahm, hatte ungefähr die Größe (nur ungefähr) – oder vielmehr, er hatte die *Höhe* – einer Pfeife.«

»Wie hoch ist denn eine Pfeife, mein Lieber?«, fragte seine Großtante.

»Ich hätte wohl sagen sollen – ungefähr so groß wie eine Pfeife, auf der eine Murmel liegt, oder vielleicht so groß wie ein Federhalter auf einer Pfeife (wenn er liegt, natürlich!). Jedenfalls, als ich den Scone aufgegessen hatte, bot er mir einen Teller mit Kokoskuchen an. ›Nein, nein‹, sagte ich, ›ich kann nicht auch noch ein Stück Kokoskuchen essen.‹ ›Möchtest du zum Abschluss lieber noch ein Butterbrot?‹, fragte er. ›Nein, nein‹, sagte ich. ›Das geht nun wirklich nicht. Nein. Ich kann nicht noch ein Butterbrot essen.‹«

Während er sprach, behielten Jimmys braune Augen den Raum systematisch im Blick. Es war klar, dass er seine Geschichte nur zum Besten gab, um seine Tante zu unterhalten. »Aber auch dann noch (*immer* noch) versuchte er mich zu überzeugen, mehr zu essen! Er reichte mir einen Teller, auf dem nur ein Keks lag. Er war ungefähr so groß, ich würde sagen – mal sehen – so groß wie ein Teelöffel, neben dem ein Busfahrschein liegt …«

Joseph sprang auf und öffnete die Tür zur Bibliothek. Sie war leer. Schnell schloss er die Tür wieder und verließ den Saal, um Dolly zu holen.

Tante Katie sah durch die Glastür auf die Terrasse, auf der sich die Brautjungfern zu einem Halbkreis versammelt hatten, mit im Wind knatternden gelben Kleidern und flatterndem Haar. Vor ihnen liefen zwei Männer in gebauschten Regenmänteln immer wieder um eine Kamera auf einem hohen Stativ herum. Die ganze Gesellschaft wirkte mehr tot als lebendig.

»Diese armen Mädchen müssen ja zittern bei dem eisigen Wind! *Mir* läge nicht daran, in so einem Aufzug an so einem Tag fotografiert zu werden!«

»B-r-r-r-r-r«, rief Mrs Thatcham und riss von draußen die Gartentür auf. »Ganz schön frisch heute!« Fröhlich streifte sie ihre kleinen Füße an der Matte ab und rauschte weiter in den Salon.

Im selben Augenblick glitt, von ihr, Tante Katie und Jimmy unbemerkt, Dolly (die jetzt ihr dunkles Ausgehkostüm trug und mit dem unordentlichen Haar unter einer rosa Samtkappe ein ganz klein wenig ordinär wirkte) an der Wand hinter dem Teetisch entlang und durch die Tür zur Bibliothek. Joseph folgte ihr dicht auf den Fersen.

Joseph schloss leise die Tür hinter ihnen.

VI

In der Bibliothek war kaum Licht, denn wo an den Wänden nicht mit dunklen Lederbänden gefüllte Regale standen, waren sie mit massivem, schokoladenbraun bemaltem Holz getäfelt, und die Fenster waren von schweren Plüschvorhängen verhüllt.

Auf dem langen Tisch standen noch die Überreste vom »Mittagsimbiss« der Familie. Zusammengeknüllte Servietten und trübe, zur Hälfte mit honiggelbem Wein gefüllte Gläser standen wie Kraut und Rüben zwischen Schalen mit halb aufgegessenem Trifle.

»Was ist denn das jetzt?«, rief Dolly mit sehr hoher, dünner, sehr amüsierter Stimme und nahm eine dunkle Stoffmasse von der Holzfensterbank. Es war ein grüner Schottenrock samt Felltasche. Aus seinen Falten fiel eine rosarote Stoffmaske zu Boden.

Joseph und Dolly betrachteten die Maske. Eine quadratische Brille mit zinnoberrotem Gestell saß über zwei weit aufgerissenen blauen Glasaugen, daran befestigt waren ein ausgefranster gelbbrauner Schnurrbart und Zähne, die in sämtliche Richtungen ragten. An der Stirn hing eine hellblaue Kricketmütze.

»Ach, damit haben sich Lob und Tom und ein paar andere fotografieren lassen«, sagte Joseph.

»Warum?«

»Ach, um die Bilder Kitty zu schicken. Lass uns jetzt nicht darüber reden.«

Es trat eine Pause ein.

»Aber *warum* haben sie sich denn in solchen Sachen fotografieren lassen?«, fragte Dolly mit ihrer hellen, dünn klingenden Stimme.

»Ach, sie wollten Kitty einen Streich spielen. Jeder wollte ihr sein Foto schicken, jeder mit einer anderen Bildunterschrift, so wie es Kittys Verehrer immer machen, weißt du: ›Für Kitty – in Erinnerung an einen wunderbaren Nachmittag im Obstgarten von Hove …‹ und so – du weißt schon, mit so was ist Kittys Zimmer doch voll …«

»Verstehe.« Dolly setzte sich auf die Fensterbank und starrte in den Garten, ihr Gesicht war völlig ausdruckslos. Als sie endlich zu Joseph aufblickte, schaute sie in ein Gesicht von der Farbe Roter Bete, das sie bedeutungsvoll und eindringlich ansah. Eilig senkte sie den Blick.

»Hast du deiner Mutter geholfen, sich oben in Liverpool einzurichten?«, fragte sie.

»Ja.«

»Und deine Vorlesungen da oben – die dauern sechs Monate, oder?«

»Ja.«

»Und du hast vor, dann noch ein weiteres Semester dranzuhängen?«

»Ja.«

»Und freust du dich darauf, oder fürchtest du das Ganze eher?«

»Es wird schon gutgehen.«

»Kennst du da oben irgendjemanden?«

»Nein.«

Dolly spürte, dass er sie eindringlich ansah.

»Aber du machst doch sicher Bekanntschaften?«, sagte sie.

»Ach, lass uns doch nicht so reden!«, platzte er heraus.

Dolly sah weg. Er wurde röter denn je und schenkte ihr jetzt ein elendes, gezwungenes Lächeln.

Dolly biss sich auf die Lippe und wandte sich schnell dem Garten zu; auch ihr Gesicht wurde jetzt von Farbe überflutet.

»Aber warum denn nicht? Ich möchte wirklich alles darüber wissen …«, sagte sie. Nach einer kurzen Weile warf sie ihm einen unbehaglichen, neugierigen Blick zu.

Sofort lächelte er sie wieder kläglich an, nur ein halbes Lächeln diesmal, dann wandte er sich schnell ab, ihr den Rücken zu, und lehnte sich an die braune Täfelung.

Als er dort lehnte, sah sie, dass er am ganzen Körper zitterte. Dolly sprang auf und legte ihm einen Arm um die Schultern.

»Liebster Joseph. Lieber Joseph. Komm und setz dich, Lieber«, sagte sie.

Beide setzten sich zusammen auf die Fensterbank.

Dolly hatte weiterhin den Arm um seine Schultern gelegt. Sie konnte sehen, dass Tränen über sein blasses Gesicht liefen, aber er hielt es etwas abgewandt, der Wand zugekehrt, und wischte sich mit seinem Taschentuch die Tränen ab.

»Was ist denn überhaupt los? Du musst mir sagen, was du fühlst«, sagte Dolly.

Dolly wirkte schrecklich angespannt und unbehaglich. Sie spürte, dass irgendwo irgendwas schiefgegangen war, dass sich etwas Falsches in die Situation geschlichen hatte, während sie dort auf der Fensterbank saßen, ihren Arm um die Schultern des weinenden Joseph gelegt.

Joseph schüttelte als Antwort auf ihre Fragen schweigend den Kopf und zitterte weiter.

»Es nützt nichts …«, sagte er und winkte ab. Sein Zittern wurde schlimmer, und das

Schluchzen schüttelte ihn. »Mich zu fragen, was los ist, ist völlig umsonst«, sagte er grob und schnappte nach Luft, als wäre er in eiskaltes Wasser gefallen. »Ich weiß es selbst nicht.«

Nach einer ganzen Weile fügte er hinzu: »Evelyn hat vor einiger Zeit mal gesagt (nicht zu mir), sie glaubt, dass du in mich verliebt bist.«

»Also, vielleicht war ich das vor einiger Zeit. Aber jetzt bin ich es nicht; schon seit einer Weile nicht mehr.«

Joseph wartete einen Moment, dann stand er auf und ging allein zu dem abgelegeneren Fenster. »Warum sagst du nie jemandem irgendwas?«, fragte er ärgerlich. »Du sorgst immer dafür, dass du oben auf der Welle bist. Dass *du* nie auf Hilfe angewiesen bist … Warum hast du mir gegenüber nie erwähnt, dass du heiraten würdest?«, sagte Joseph und sah sie jetzt mit einer Art direktem Gefühl im Gesicht an.

»Nie erwähnt! Was meinst du denn damit? Hast du meinen Brief aus Albanien nicht bekommen?«, rief Dolly.

»Du meine Güte. Der Brief aus Albanien! Aus *dem* hätte ich nie geschlossen, dass du das wirklich tun würdest!«

»Ich wüsste nicht, warum nicht«, sagte Dolly kühl.

»Tss! – Und warum so spät! Vor noch nicht mal einem Monat!«

»Weil ich erst vor einem Monat beschlossen habe zu heiraten!«, sagte Dolly erhitzt. »Aber was soll überhaupt diese Aufregung, du meine Güte! Du willst mich doch nicht heiraten! Du bist nicht in mich verliebt.«

»Nein … Nein … Ich weiß …«, sagte Joseph.

Er wandte sich abrupt von ihr ab und sein Atem wurde zu langgezogenen Schluchzern, als würge er an einem enormen Hühnerknochen. Er hustete.

Dolly sprang auf und legte ihm den Arm um die Taille.

Diesmal drehte Joseph sich um und legte ihr den Arm um die Schulter. Er sah zu ihr hinab; seine Wangen waren feucht, und er lächelte sie an. »Liebste!«, sagte er, und plötzlich war echte Wärme in seiner Stimme.

Als er das Wort sagte, ruckte die Türklinke und die Tür zur Bibliothek wurde aufgerissen.

Beide sahen erschrocken auf.

Dort stand Owen, der Bräutigam, auf dem Kopf eine Melone und über dem Arm eine Reisedecke. Schrecken überzog sein Gesicht, als er vor sich im schwachen Licht das ineinander verhakte Paar mit den schuldbewussten Gesichtern sah, Josephs Wange sichtlich feucht von Tränen.

»Entschuldigung!«, sagte er nach einer kurzen Pause.

Das Paar löste sich voneinander.

»Aber es ist Zeit aufzubrechen, Schatz. Alle stehen an der Tür und warten darauf, uns Lebewohl zu sagen.« Im selben Moment machte Owen einen Schritt rückwärts über die Schwelle und schloss die Tür wieder.

»Jetzt haben wir die Bescherung«, sagte Dolly.

Die Tür ging erneut auf, jedoch nur fünf Zentimeter.

»Ich störe ungern, Schatz, aber was hat es denn damit auf sich, dass wir eine Schildkröte oder so was mitnehmen sollen, an Bord des Schiffes … ich verstehe das nicht ganz … Millman hat mir eine Keksdose gegeben und gesagt, es wäre eine Schildkröte darin …«

»Das ist schon in Ordnung. Es ist meine Schildkröte.«

»Es mag ja deine Schildkröte sein, Schatz, aber was soll die denn auf der Überfahrt fressen … auf dem Schiff … frage ich mich!«

»Was weiß denn ich, du meine Güte! (Jetzt komm schon rein, Owen! Was ist denn los mit dir?) Auf so einem riesengroßen Schiff wird es doch sicher *irgendwas* geben, das eine Schildkröte fressen kann! Du meine Güte!«

»Das mag ja sein. Ich fürchte trotzdem, dass es *nichts* gibt, Schatz.«

»Wieso nicht! Kann sie nicht getrocknete Erbsen fressen?«

»Ich fürchte nicht, Schatz.«

»Sie isst auf jeden Fall gern Eiswaffeln, das weiß ich. Und *die* gibt es auf diesen großen Schiffen immer haufenweise.«

»Gut … aber wenn du verzeihst … ich fürchte, ich habe Millman gesagt, wir nehmen die Schildkröte *nicht* mit. Sie haben sie inzwischen ausgesetzt. Es tut mir leid. Sie ist wahrscheinlich schon fast in Malton … aber dort wird sie sicher sehr viel glücklicher sein als –«

»Meine Güte, das ist wirklich unerträglich!«, rief Dolly aus und schnappte ihre Tasche und ihre Handschuhe vom Tisch.

Mrs Thatcham steckte ihre Nase durch den Türspalt.

»Ach, da bist du ja!«, schrie sie. »Wir hatten keine Ahnung, wo um Himmels willen du steckst. Komm, Kind, alle warten an der Tür auf dich, ihr verpasst noch das Schiff, wenn ihr nicht aufpasst.« Sie scheuchte Dolly aus der Bibliothek.

Auf den Stufen vor der Haustür wartete eine größere Menschenmenge: Verwandte, Gäste und (auf einer Seite versammelt) die

Bediensteten – darunter trotz all ihrer Prinzipien auch die verrückte Nellie, die mit ihrem geröteten Gesicht aussah, als würde sie vor Aufregung und Vergnügen gleich platzen. Der Wagen stand bereit, voll gestapelt mit Gepäck, darunter eine Ledertasche, an der ein weißer Satinschuh baumelte.

Kitty heulte, und die kleine Evelyn weinte im Hintergrund still vor sich hin. Der rothaarige Lob trug einen merkwürdigen weißen Papierhut auf dem Kopf, mit langen abstehenden Ohren wie ein Kaninchen; er rollte mit den Augen und wirkte sehr teuflisch, und er verbarg irgendetwas Geheimes unter seiner Jacke.

Alle, die auf der Auffahrt im wütenden Märzsturm um den Wagen herumstanden, fühlten sich, als würde ihnen mit schweren Teppichen auf den Hinterkopf und die Nase geschlagen und als stieße man ihnen kalte stählerne Messer in die Nasenlöcher. Wenn sie den Mund öffneten, um diesen Schmerz zu meiden, war es sofort, als würden ihnen große eisige Wattebäusche in den Hals gestopft, wovon sie würgen mussten und nicht mehr einatmen konnten.

Inmitten dieser schneidenden, wütenden Windstöße, inmitten des Abschiedsgeschreis und des Gewitters aus Reis und Konfetti fiel der Mangel an guter Laune seitens Braut und Bräutigam niemandem weiter auf. Sie fuhren dahin, um die Kurve, außer Sichtweite, und ohne noch einen Augenblick abzuwarten, eilte die gesamte Menge so schnell es ging wieder ins Warme.

Alle bis auf die wenigen, die im Haus wohnten, traten die Rückreise an.

Tante Bella machte sich in ihrem neuen Wagen auf den Weg zu ihrem treuen Haushalt auf der anderen Seite der Bucht.

Mrs Thatcham, Kitty, die kleine Evelyn, Lob und die beiden Schuljungen trudelten nach und nach im großen Saal ein.

VII

Im Saal trafen sie auf Tante Katie und Joseph, die einander zugewandt an gegenüberliegenden Enden des Raumes saßen und seit zehn Minuten schwiegen. Tante Katie hatte ihren kleinen Stoß Patience-Karten hervorgeholt und spielte auf ihrem geflochtenen Patience-Tablett Solitaire.

Der kleine Jimmy Dakin saß schweigend neben ihr auf dem Sofa. Joseph saß ihm mit weißem Gesicht, überschlagenen Beinen und gekreuzten Armen gegenüber und starrte vor sich hin.

Plötzlich gab es hinter den Hortensien ein Handgemenge.

»Was hab ich dir gesagt? Was hab ich dir gesagt? *Zwei Männer vom Rugby* bei der Feier!«, haspelte eine Stimme hinter den Blumen, beinahe schluchzend vor Verdruss.

Es wurde noch weiter scharf geflüstert, und die bleichen, gesprenkelten weißen Kugeln der Hortensien wogten in ihren Töpfen gefährlich weit nach vorn.

»Kinder, was ist los? Kommt da mal raus!«

»Dieser fette Mann war Major unter Arbuthnot!«, zischte die wütende Stimme hinter der Pflanze. »Verdammt, das können wir jetzt alles vergessen, Robert. Alles, verdammt!«

Schweres Atmen, dann kreischte Robert: »Zur Hölle mit dir!«, und kam taumelnd hinter den Hortensien hervor, ihm liefen Tränen über die Wangen und er hielt sich das knallrote linke Handgelenk. »Du Tyrann!«, schrie er.

»Aus dem Zimmer, sofort«, befahl Mrs Thatcham und fügte, einigermaßen erstaunt, hinzu: »Was für ungewöhnliche Manieren! Ihr seid doch merkwürdige Wesen! Also wirklich!« Ihre Stimme klang eiskalt.

Die Jungen trotteten aus dem Saal.

Mrs Thatcham wandte sich Joseph zu. »Warum gehst du nicht nach oben und legst

räusperte sich. »Aber es ist etwas Merkwürdiges geschehen. Ich bin ziemlich eilig in mein Schlafzimmer gelaufen, um mich umzuziehen, in der Hoffnung, noch ein Bad nehmen zu können, bevor ich zu meinem Zug nach Birmingham muss. Äh … hm … als ich aus dem Badezimmer zurückkam, fand ich auf dem Bett … äh … offenbar die Unterwäsche einer Frau. Meine eigenen Kleidungsstücke entdeckte ich hinter dem Sessel (wo sie für die Dame, die mein Schlafzimmer offensichtlich mit ihrem verwechselt hat, natürlich nicht zu sehen waren.) Äh … hm! Ich weiß nicht genau. Was tut man unter solchen Umständen am besten?«

Während der Kanonikus sprach, war Mrs Thatchams Blick zu einer mysteriösen Gestalt gewandert, die verschämt im Durchgang zum Salon lauerte. Sie trug einen grauen japanischen Kimono, der mit großen schwarzen Störchen bedruckt war, über die Schultern hingen ihr zwei lange Zöpfe. Die Dame hatte mit einem winzigen weißen Taschentuch auf und ab gewedelt, um ihre Aufmerksamkeit zu erregen.

»Wie ungewöhnlich!«, rief Mrs Thatcham dem Kanonikus zu. »Einen kleinen Moment, Bob, dann bin ich bei dir.« Eilig lief sie zu der Dame im Salon.

Es war Miss Spoon, die frühere Hauslehrerin der Mädchen.

»Mrs Thatcham, es ist wirklich ausnehmend peinlich!«, hörten alle im Saal Letztere mit gedämpfter Stimme sagen. »Ich wollte ein Bad nehmen … ein Weilchen auf mein Zimmer gehen … beuge mich über den Sessel … und all meine Sachen aus den Schubladen …«

»In welchem Zimmer sind Sie?«, fragte Mrs Thatcham sehr laut und setzte ihren Zwicker auf. Durch die Türöffnung war zu sehen, wie sie die schwarzen Störche auf Miss Spoons Morgenmantel durch ihren Zwicker streng fixierte, als wären die Störche und nur die Störche für diesen äußerst unangenehmen Vorfall verantwortlich.

»Im violetten Zimmer, das Sie selbst mir gegeben haben«, sagte Miss Spoon ängstlich.

»Ach, Mum!«, schrie Kitty aus dem Saal.

»Was hab ich dir gesagt! Du *hast* ihnen allen das violette Zimmer gegeben. Ich wusste, dass das passieren würde!«

Wie auch immer, als diese unbedeutende Angelegenheit schließlich geklärt war, kehrte Mrs Thatcham in den Saal zurück. Die Sonne war inzwischen hinter den Bäumen untergegangen.

Robert war wieder in den Saal gekommen; er saß auf der Fensterbank und las *The Captain.*

Joseph hatte keinen Muskel bewegt.

»Arme Tante Katie, und niemand kümmert sich um dich oder hilft dir bei deiner Patience!«, rief Mrs Thatcham aus und warf Joseph dabei einen funkelnden Blick zu. Sie trippelte unwirsch durch den Raum, knuffte Kissen und schüttelte sie auf. »Denkt ihr jungen Männer denn heutzutage *nie* an irgendjemanden außer euch selbst, frage ich mich? Das scheint mir so merkwürdig!« Ihre Stimme stand, wie man so sagt, auf Messers Schneide.

Kitty, Joseph und Tante Katie wandten ihr die Köpfe zu und betrachteten Mrs Thatcham forschend. Sie wirkte, als würde das Thema sie interessieren, und offenbar wollte sie noch etwas sagen, aber dann riss sie stattdessen eine offene Pralinenschachtel an sich, die auf dem kleinen Tisch neben ihr stand.

»Eine Praline, Robert?« Sie ging zur Fensterbank und hielt Robert die Schachtel hin.

»Evelyn, eine Praline?« Sie wedelte vor ihrem Sessel mit der Schachtel herum.

»Tante Kate? Die sind ganz köstlich! Joseph, nimm doch eine, Kind.« Und mit diesen Worten stellte sie die Schachtel wieder auf den Tisch.

Jimmy Dakin, dem als Einzigem keine Praline angeboten worden war, senkte mit schamroten, glühenden Wangen den Blick und betrachtete hochkonzentriert die türkischen Arabesken auf dem Teppich unter seinen baumelnden Füßen.

Ein paar Minuten vergingen mit allgemeinem Knuspern und Schmatzen.

Mrs Thatcham aß ihre Praline am Fenster stehend, ihre orangefarbenen Augen stierten durch die kleinen Bleistreben, die die Scheiben miteinander verbanden, durch die wild schwankenden Äste der gegenüberstehenden Ulme, ihr Hals ragte sehr aufrecht über ihren mit brauner Seide bedeckten Schultern auf.

»Hervorragende Schokolade!«, murmelte Tante Katie zufrieden.

»Ach, Jimmy!«, rief Evelyn bestürzt aus, der gerade der Gesichtsausdruck des kleinen Jungen aufgefallen war. »Hat man dir gar keine Praline angeboten?«

»Na ja! Ich habe darauf gewartet, dass irgendjemand anders was sagt!«, sagte Jimmy mit schwerfälliger Scherzhaftigkeit, die Wangen rot wie Feuer.

»Wie schrecklich!«, rief Evelyn, reichte ihm schnell die Schachtel und drängte ihn, mehrere Pralinen auf einmal zu nehmen, um Versäumtes auszugleichen.

»Also, ich musste schon heimlich darüber lachen, muss ich sagen!«, antwortete Jimmy lächelnd und tastete nach einer Praline. Aber als alle wieder woanders hinsahen, senkte er den Kopf und wischte sich mit einem Zipfel des Spitzendeckchens sacht eine Träne aus jedem Auge.

Mrs Thatcham ging zu Joseph, blieb vor dem Feuerschutz des Kamins stehen und sah über seinen Kopf hinweg aus dem Fenster.

»Ihr jungen Männer scheint heutzutage ja überhaupt nur noch mit Leidensmiene herumzulaufen«, sagte sie. »Euch kommt gar nicht in den Sinn, euch zusammenzureißen, schön aufrecht und breitschultrig dazustehen oder ordentlich zu gehen. Geschweige denn am Vergnügen anderer Menschen teilzuhaben … Wisst ihr, wovon ich spreche?«

Niemand antwortete.

»Aber wenn es darum geht, Leute zu kritisieren, die alt genug sind, um eure Großmutter zu sein, dann zögert ihr keine Sekunde, laut und deutlich eure Meinung zu sagen.« Sie zeigte mit dem Finger auf Joseph. »Und *du*, Joseph –«

»Ach, Mum!«, schrie Kitty aus der Ecke.

»*Du*, Joseph, hast im Leben alles, was du willst: den Beruf, den du wolltest, eine erstklassige Ausbildung, so viel Geld, wie man sich nur wünschen kann, eine höchst liebevolle Mutter und Familie, und doch scheinst du gegen alles und jeden zu sein! S-s-s-s-s-s-s-s-sh-sh.«

Wenn im Süden Frankreichs der Mistral einige Zeit über das Wasser geweht ist, verwandelt sich die gleichmäßige, gesunde blaue Beschaffenheit des Meeres, es gibt gereizte, kranke Schlieren und verdorrte lila Stellen – ein wirklich schockierender Anblick. Etwas in der Art war jetzt mit Josephs Gesicht passiert. Wären da nicht die unbehaglichen gelben Streifen und die dunklen Flecken, die jetzt auf seinem Hals und seinen Schläfen zu sehen waren, niemand wäre auf den Gedanken gekommen, dass in Joseph während der letzten paar Minuten ein Mistral aufgekommen war und dass tiefe Wasser ernsthaft aufgewühlt wurden.

»Nichts scheint für dich gut genug zu sein!«, sagte Mrs Thatcham staunend. »Ich gestehe, ich begreife überhaupt nicht, wie das sein kann. Aber ich bin natürlich auch etwas schwer von Begriff.«

Joseph setzte sich aufrechter hin, die Arme verschränkt, hob den Kopf und sah Mrs Thatcham in die Augen.

»Wahrscheinlich sind Sie etwas schwer von Begriff ... Ich nehme an, das ist der Grund dafür«, murmelte er nachdenklich, »dass Sie überhaupt nicht begreifen, wie das sein kann. Sie begreifen ja auch nicht, warum die beiden Jungen so ungewöhnliche Manieren haben, nicht? Und Sie begreifen auch nicht, warum die verrückte Nellie den Tee an der falschen Stelle deckt, oder warum der Kanonikus und Miss Spoon dasselbe Schlafzimmer bekommen haben. Und Sie konnten auch nicht verstehen, wie Millman so merkwürdig sein kann, das Mittagessen in der Bibliothek zu servieren statt im Kinderzimmer! Ist es nicht eigentlich so, dass Sie nichts und niemanden verstehen? ›Wie seltsam von ihr!‹, ›Wie seltsam!‹, ›Ich bin vielleicht schwer von Begriff, aber ich verstehe es nicht!‹ Wie oft pro Stunde sehen Sie sich gezwungen, das zu gestehen?«

Mrs Thatcham starrte ihn an, als sage er unvermittelt das Einmaleins auf.

»Warum machen Sie sich nicht an die Arbeit und versuchen, etwas zu ändern«, sagte Joseph, »herauszufinden, was es mit den Dingen auf sich hat, die Sie so verwirren? Hm-m? Das wäre bestimmt interessant, meinen Sie nicht?«

Josephs Stimme war am Ende dieser Rede genauso ruhig wie zu Beginn, sein Gesicht genauso ausdruckslos.

Er wandte den Kopf ab und fixierte die Tür zur Bibliothek links von Mrs Thatcham. Es herrschte Stille. Die Dame schien in Trance zu sein. Alle starrten das Paar – um eine etwas abgeschmackte Wendung zu benutzen – mit Stielaugen an.

»Wenn es um Ihre eigenen Töchter geht, wissen Sie natürlich weniger als die Fliege dort an der Decke«, sagte Joseph, ohne den Kopf auch nur im Geringsten zu bewegen. »Ich sollte Ihnen das wahrscheinlich nicht sagen«, fuhr er nachdenklich fort, »aber ich werde es trotzdem tun. Sie wussten nicht, dass Dolly letzten Herbst, als sie in Albanien war, ein Kind zur Welt gebracht hat, oder?«

»Oh! JOSEPH!«, brüllte Kitty.

Mrs Thatcham zuckte zusammen.

»Du bist verrückt!«, schrie sie kurz darauf.

Joseph schüttelte den Kopf. »Nein, ich bin nicht verrückt, glauben Sie mir! Es ist nur zu wahr, aber *Sie* sind natürlich die Letzte, die es erfährt.«

»Was?«

»Ich sagte, *Sie* sind natürlich die Letzte, die es erfährt. Denn es würde Ihnen ja *so* seltsam erscheinen! So merkwürdig! Sie würden Dolly für ›so eine seltsame Person‹ halten, wenn sie so etwas tut! Aber sie müsste natürlich auch vollkommen verzweifelt sein, wenn sie auch nur versuchen würde, es Ihnen zu erklären!«

Über Mrs Thatchams verständnisloses Gesicht liefen Tränen.

»Ach, kein Grund zur Sorge«, sagte Joseph, der sie jetzt ansah. »Sie hat es der Schwester der Hebamme in diesem Land da gegeben. Es ist vollkommen glücklich, das versichere ich Ihnen.«

Kitty sprang auf und in die Mitte des Raumes, wo sie unsicher stehenblieb.

»Wovon sprichst du?«, schrie Mrs Thatcham.

»Ich sage Ihnen nur, dass Sie Großmutter sind. Tatsächlich sind Sie sogar doppelte Großmutter – wenn Sie es wirklich wissen wollen! Es waren Zwillinge! Ich wollte es nur nicht sagen. Sie haben also zwei kleine albanische Enkel, wie kleine weiße Mäuse, mit rosa Augen, denen Sie Briefe schreiben können, um sie zu fragen, warum sie sich nicht für die Geschenke bedankt haben, und ihnen zu erzählen, wie weit Sie von Cocklebank und Niggybottom entfernt sind. Ich muss jetzt gehen, sonst verpasse ich meinen Zug. Danke für diesen höchst reizenden Tag.« Joseph sprang auf und lief die Treppe zu seinem Schlafzimmer hoch.

Tränen liefen über Mrs Thatchams Wangen, ihr Gesicht wirkte verwirrt und abgespannt, und sie putzte sich ständig mit einem winzig kleinen Taschentuch die Nase. »Aber was stimmt denn nicht mit ihm? Warum hat er so mit mir geredet?«, wiederholte sie immer wieder. »Er wird doch nicht etwa …?«, fügte sie mit zitternder Stimme hinzu.

»*Natürlich* nicht! Beachte ihn gar nicht, Mum! Er ist betrunken! Das stimmt nicht mit ihm!«, sagte Kitty und legte den Arm um ihre Mama.

»Wie unverschämt von ihm«, sagte Tante Katie mit ihrer milden, angenehm klingenden Stimme. »Ich wusste, dass irgendwas nicht ganz astrein ist, als er sagte, es wären zwei kleine *Albaner* – mit rosa Augen und langen weißen Schwänzen. Also, sagte ich mir, sie war ja alles in allem nur fünf Wochen in Albanien! Das hat sie ja ziemlich schnell erledigt.«

»Katie!«, flüsterte Mrs Thatcham warnend und deutete mit einer Bewegung ihres sorgfältig gewellten grauen Kopfes auf den jungen Robert, der auf der Fensterbank saß.

Joseph ging mit schnellen Schritten den Flur zu seinem Schlafzimmer entlang, mit immer noch seltsam unbeteiligtem Gesichtsausdruck, aber sein Herz hüpfte mit solcher Wucht in seiner Brust auf und ab, dass er kaum einatmen konnte.

Er trat ans Fenster und sah hinaus auf die winterlichen Rosenbögen und Kohlköpfe des nun in der Dämmerung liegenden Küchengartens. Jemand kam und holte seinen Koffer ab und ging wieder. Allmählich fühlte er sich ruhiger.

Er überlegte, wie viele Male und bei welch unterschiedlichem Wetter er seit ihrem Kennenlernen schon hier gestanden, rausgesehen und an Dolly gedacht hatte.

Mit ihrem Verhältnis schien etwas Seltsames vor sich gegangen zu sein; aber er kam ums Verrecken nicht drauf, was es war …

Letzten Sommer waren sie zum Beispiel unzertrennlich gewesen, hatten zusammen ein neues Gartenhaus gebaut, waren überall mit seinem Boot herumgefahren, er hatte ihr beigebracht, Krocket zu spielen und so weiter … und plötzlich war sie nach Albanien gefahren, ausgerechnet, mit irgendeiner dummen Freundin, und kaum war sie zurück, war sie ruckzuck mit dem alten Owen Bigham verlobt! Ja, das war alles irgendwie sehr merkwürdig. Er musste an eine Abendgesellschaft in Malton denken, bevor sie zusammen ins Kino gegangen waren.

Es war ein glühend heißer Sommertag und ihr Tisch war am offenen Hotelfenster gedeckt worden. Er und Dolly hatten nebeneinandergesessen und aufs Meer geblickt, das um die Zeit fast verlassen dalag. Was für ein melancholisches, verwirrtes Gefühl ihn beschlich, als er diese Szene heraufbeschwor! Er erinnerte sich sehr deutlich daran. Auf dem Pflaster unter dem Fenster hatten Grüppchen junger Männer gestanden, Verkäufer und Angestellte, die rauchten und plauderten. Allesamt kleine Männer, das wusste er noch, mit ungewöhnlich niedriger Stirn; und viele trugen braune oder orangefarbene Schals um den Hals (trotz des Augustwetters). Immer wieder drang schallendes Gelächter und auch der Zigarettenrauch dieser Grüppchen durch das offene Fenster, und immer wieder sahen die kleinen Männer zu ihnen hoch. Auf der anderen Straßenseite gingen ein paar strubbelige Mädchen, gedrungen wie Briefkästen oder Kissen, Arm in Arm langsam die Strandpromenade entlang. Die Promenade, das Pflaster unter dem Fenster und die gesamte Seite der Bucht waren in den Abendschatten getaucht; aber das Meer selbst lag im vollen Sonnenlicht und bot ein erstaunliches Schauspiel, die ganze Bucht wirkte wie eine Glasscheibe im hellsten Blau, die schimmernd unter dem rosa Sonnenuntergang lag.

Über den gesamten Horizont zog sich ein fliederfarbener, vor Hitze flimmernder Streifen, aus dem sich ein paar Sahnewolken emporkringelten, die sich in den rosa Strahlen der Abendsonne verfangen hatten und während des gesamten Abendessens in all ihrer Üppigkeit vollkommen bewegungslos dort verharrten. Er erinnerte sich auch noch daran, das Weiß der Rosen an Dollys Kleid im letzten Sonnenschein für glänzendes Lachsrosa gehalten zu haben; und Dollys faszinierendes, melancholisches Gesicht und ihr langer, molliger Hals unter dem Strohhut schienen aus Flammen gemacht, wie das glühende Ende einer Zigarette.

Man hatte ihnen gebratenen Weißfisch und anderes Ungenießbares serviert, aber der Wein, roter Burgunder, war gar nicht schlecht gewesen; vielleicht hatte es an Letzterem gelegen, dass er so ungewöhnlich glücklich gewesen war – so extrem, so wild! Nach dem Abendessen waren sie alle durch die schmalen Gassen von Malton zum Kino gegangen. Als sie nach dem Essen auf den Stufen vor dem Hotel gestanden hatten, war ihnen aufgefallen, dass alle Menschen, die Häuser, das Pflaster und alles in der Dämmerung in einem leuchtenden, einheitlichen Violett erschienen. Die Luft lag heiß auf ihren Gesichtern und roch stark nach Flieder oder Heliotrop oder etwas Ähnlichem. Joseph und Dolly blieben ein Stück hinter den anderen zurück. Und schließlich verloren sie sie ganz … Das Entscheidende war jedenfalls, er hatte gewusst, dass er sie liebte, und auch wenn er nichts *gesagt* hatte, wusste er, dass sie das sehr genau wusste. Sie liebte ihn auch.

Und doch schien es, als wäre es letztlich nicht Liebe gewesen, sondern eine bedrückende Art Schwindel.

Jetzt, am Schlafzimmerfenster neben dem Bambustisch, mit Blick auf die kalten Märzkohlköpfe und die Kieswege, hatte er das Gefühl, als wäre die Dolly, mit der er an jenem Sommerabend durch Maltons Gassen gegangen war, überhaupt nicht die Dolly, die heute Nachmittag geheiratet hatte, und als hätte auch er selbst sehr wenig mit dem jungen Mann von damals zu tun. Er begriff, dass seitdem irgendetwas zwischen ihnen falsch und schiefgelaufen war; etwas stimmte nicht, und er fühlte sich betrogen. Aber da er Gefahr lief, seinen Zug zu verpassen, war jetzt keine Zeit, all das zu entwirren.

Er ging den Flur hinunter.

»›Es ist besser, geliebt und verloren zu haben, als gar nicht geliebt zu haben‹«, dachte er bitter. »Wen werde ich wohl im nächsten August in meinem Boot mitnehmen?«, fragte er sich.

Ein entsetzliches Gefühl von Bedrückung schien irgendwo aus seinem Inneren aufzusteigen. Es kroch jeden Nerv entlang und wurde größer und größer, wie starke körperliche Übelkeit. Sein Magen wurde nach und nach zu Blei; tatsächlich schien sein ganzes Inneres zu verstopfen und ihn mit dieser seltsamen, kalten, schweren körperlichen Schwermut zu ersticken. Als er die Treppe erreichte, hörte er unten im Saal das Telefon klingeln.

»Oh, *du* bist es, Dodo!«, schrie Mrs Thatcham ins Telefon.

Als er Mrs Thatchams Stimme hörte, blieb Joseph unwillkürlich am Kopf der Treppe stehen.

»Oh, danke schön! Ja, in der Tat, alles ist ganz wunderbar gelaufen!«, sagte Mrs Thatcham, offenbar zu Miss Dodo Potts-Griffiths.

Josephs Kopf war schwer wie eine Kanonenkugel und sein Hals instabil wie Kammgarn. Er lehnte sich für einen Moment an die geblümte Tapete und legte den Kopf an die Wand. Er hörte Mrs Thatcham fröhlich ins Telefon brüllen:

»Es hätte gar nicht besser laufen können! Ja – furchtbar schade, dass du nicht kommen konntest. Aber dein Lampenschirm hat alle begeistert! Ja, natürlich! Alle haben ihn bewundert! Alle! Vollkommen! So gekonnt! Und so hübsch und fröhlich. S-s-s-s-sh-sh-sh. … Vielen Dank, meine Liebe. Ja – und dann hatten wir natürlich so wunderbar heiteres Wetter bei alldem! Die kleine alte Kirche sah so hübsch aus im Sonnenschein, weißt du – und die gelben Kleider der Mädchen wirkten so hübsch und fröhlich. S-s-s-s-s-sh-sh-sh.«

Der Saal da unten, Mrs Thatcham, das ganze Haus und alles darin erschienen Joseph plötzlich durch und durch uninteressant. Es hatte eigentlich rein gar nichts mit ihm zu tun – das wurde ihm schlagartig klar. Er betrachtete die Szene – sich selbst, wie er auf der obersten Stufe saß und die Familie unten im Saal – wie durch das falsche Ende eines langen Fernrohrs. Das Summen in seinen Ohren wurde lauter. Eine klare Stimme in seinem Kopf, die das besorgniserregende Summen übertönte, übermittelte ihm eine Information. »Was du brauchst, ist ein Brandy«, sagte die Stimme. »Brandy, ja, eine gute Idee«, dachte er und erinnerte sich, dass Millman am frühen Nachmittag etwas Ähnliches zu ihm gesagt hatte. Wie kam er jetzt am besten zu Millman? Nach näherem Nachdenken machte er sich auf den Weg ins Esszimmer, um sich selbst auf die Suche zu machen.

Nachwort

Julia Strachey brachte mir bei, was Freundschaft ist. Sie wurde in Indien geboren, wo ihr Vater, Oliver Strachey, für die East India Railway Company arbeitete. »Ich habe meinen Vater bewundert und meine Mutter sehr geliebt«, schrieb sie; ihr Leben war »ein perfektes Paradies«, bis sie fünf wurde und nach der Trennung ihrer Eltern nach England zurückgeschickt und zwischen ihren Verwandten aufgeteilt wurde. Sie kam als Internatsschülerin an meine kleine Dorfschule; meine Mutter, eine Freundin der Strachey-Tante, die sich um Julia kümmerte, hatte sie empfohlen, und man arrangierte, dass Julia jeden Sonntag bei uns verbrachte. Oft saßen wir auf dem Speicher über dem Stall und redeten über alles. Wir waren acht und neun Jahre alt (ich war ein Jahr älter als Julia), aber wir sprachen über freien Willen und freie Liebe. Wir hatten eine wunderbare Zeit zusammen.

Als ich vierzehn war, kam ich auf die Bedales School, wo Julia bereits seit einem Jahr war. Ich sah sie nicht viel, denn ein Jahr Altersunterschied machte leider eine Menge aus; ich weiß noch, dass ich Aufsichtsschülerin war und ihr sagen musste, was sie machen sollte. Sie war nicht an den Wissenschaften interessiert und mochte Spiele, Turnen, kalte Bäder und »den Geist von Bedales« nicht. Wir drifteten auseinander, und schließlich ging ich nach Cambridge, während Julia nach Chelsea zog und die Slade School of Fine Arts besuchte. 1924 bezog sie ein Zimmer im Haus ihres Vaters am Gordon Square 42 in Bloomsbury. Als ich 1926 die Nachbarin von Ralph Partridge wurde, erneuerten wir unsere alte Freundschaft rasch.

Bedauerlicherweise war Julia im Leben ein *misfit.* Sie erwartete von Männern viel Aufmerksamkeit und flirtete viel, aber sie war unnahbar. Dabei brachte sie die Leute jedoch nicht gegen sich auf, sie mochten sie sehr. Rosamond Lehmann beispielsweise gab sich alle Mühe, sich gut zu benehmen, als Julia wie verrückt mit ihrem Ehemann Wogan Philipps flirtete.

Ihr Verhalten mag damit zu tun gehabt haben, dass ihre Eltern sie im Stich gelassen hatten. Seit sie fünf war, hatte sie ihre Mutter nur sehr selten gesehen; sie hatte noch einen Sohn bekommen, den Julia jedoch nur einmal traf. Man erzählt sich, dass Julias Vater einmal zufällig ihre Mutter traf, die Ruby hieß, und sagte: »Oh, Ruby, du hast gut für dich gesorgt, wie viele Ehemänner hattest du? Drei?« »Vier, Oliver, vier.«

1927 heiratete Julia Stephen Tomlin (dessen Mutter Mrs Thatcham aus *Heiteres Wetter zur Hochzeit* nachempfunden ist), ohne ihn jedoch wirklich zu lieben. Die Ehe hielt vier Jahre, danach lebte Julia mit Ralph in einem kleinen Haus in der Weymouth Street, in dem auch ich wohnte, wenn ich in London war. Sie hatte viele Verehrer, aber nur sehr wenige ihrer

Affären waren von Dauer. »Während dieser Jahre zwischen ihren beiden Ehen warf sie sich in das gesellschaftliche Leben, sowohl in das der Boheme als auch in das des Adels, nahm an Abendgesellschaften teil und verbrachte Wochenenden in Landhäusern, nahm nahezu sämtliche Einladungen an und tauchte überall auf, wo man sie haben wollte«, schrieb ich 1983 in meinem Buch *Julia.*

Heiteres Wetter zur Hochzeit wurde in La Souco geschrieben, dem Haus von Julias Tante Dorothy Bussy in Roquebrune. Als ich Jahre später mit Julia dort zu Besuch war, schrieb ich in mein Tagebuch: »Julia vergisst nie, dass *Heiteres Wetter* hier geschrieben wurde – dem einen Ort, an dem das Leben wie am Schnürchen lief und sich ihrem Schreiben nichts in den Weg stellte.« Es erschien im September 1932 mit einem von Duncan Grant entworfenen Umschlag. »Virginia Woolf hatte Carrington gebeten, es zu übernehmen, als diese sie am Abend vor ihrem Selbstmord in Ham Spray besuchte. Sie bat sie auch um ein paar

Illustrationen, nicht zuletzt in dem Versuch, ihr Interesse am Leben wachzuhalten, aber vergeblich. Das Büchlein schlug einen ganz eigenen, tragikomischen Ton an, der vielen Kritikern auffiel. Die *New York Times* beispielsweise schrieb: ›Diese geistreiche kleine Erzählung zeugt von ungewöhnlichem Humor, Beobachtungsgabe und Verständnis.‹ Nach dem Erscheinen schrieb der Literaturredakteur des *New Yorker* an Julia, dass er alles veröffentlichen würde, was sie bereit sei, ihm zu schicken. (Es hieß sogar, ihr Buch sei eine Weile Pflichtlektüre für die Belegschaft gewesen.)« *(Julia)*

1939, als Julia mit der Absicht, ein Drama zu schreiben – schon immer eins ihrer großen Ziele –, die Schauspielschule besuchte, traf sie Lawrence Gowing, den späteren Kunstkritiker; er war siebzehn Jahre jünger als sie. Er erzählte ihr gleich zu Beginn, dass er *Heiteres Wetter zur Hochzeit* ein paar Jahre zuvor mit großem Vergnügen gelesen habe. Julia schrieb: »Daran erinnere ich mich nicht zuletzt, weil es sich später als faustdicke Lüge erwies.«

Die nächsten dreißig Jahre lang war sie mit Lawrence Gowing sehr glücklich, fünfzehn davon waren sie verheiratet. Sie lachten schallend über die Witze des anderen, und er kümmerte sich aufopferungsvoll um sie. Als Lawrence sich 1962 in ein sehr charmantes und attraktives Mädchen verliebte, die Lehrerin an der Kunstschule war, an der auch er lehrte, versuchten sie eine Weile, zu dritt zu leben. Nachdem Lawrence und seine neue Frau Kinder bekommen hatten, war dies jedoch leider nicht mehr möglich und Julia wurde immer einsamer, obwohl Jenny Gowing, soweit ich weiß, sehr freundlich war und sich sehr zivilisiert verhielt.

Julia war erstaunlich schlank und hübsch, und in den 1920er-Jahren eine Zeit lang Model bei Poiret. Sie hatte einen klaren Blick für Details und eine lebendige Fantasie, und ihr Hang zum Spotten machte sie zu einer sehr lustigen Frau. Als wunderbare Schriftstellerin nahm sie ihr Schreiben sehr ernst, aber sie war eine Perfektionistin. In meinem Buch schrieb ich: »Ihr äußerst kritischer Geist (typisch für die Familie Strachey) drängte sie, immer den höchsten Ansprüchen zu genügen, tatsächlich hielt sie es für unmoralisch, es nicht zu tun, aber wenn ihr die Umstände zu viel wurden, warf sie alles hin und verfolgte gar keine Ansprüche mehr.« Alles, was sie schrieb, musste gut sein, und das war es. Als ich ihre Papiere durchsah, fand ich viele, nur leicht unterschiedliche Versionen derselben Texte.

»In ihrer Vorstellung sah sich Julia, glaube ich, in einem Netz miteinander unversöhnlicher praktischer Umstände gefangen, geschaffen von einem Universum, das sie gern als feindselig betrachtete. Morgens aufstehen, einkaufen, pünktlich sein – für die meisten Menschen unliebsame Maulwurfshügel –, all das waren für sie beinahe unbezwingbare Berge, deren Allgegenwart ihr, denke ich, nicht ganz bewusst war.« *(Julia)*

Virginia Woolf nannte sie in ihrem Tagebuch »einen talentierten Taugenichts«; Julia war damals erst dreiundzwanzig, es war also sehr scharfsinnig. Aber als Virginia *Heiteres Wetter* las (von ihr und ihrem Mann in der Hogarth Press veröffentlicht), bezeichnete sie es als »eine sehr süße kluge, durchaus ziemlich bemerkenswerte säuerliche Geschichte … ich halte sie für erstaunlich gut … Sie ist ungewöhnlich vollständig und scharf und individuell – Ich hatte keine Ahnung, dass sie so gut sein würde.« Dann fügte sie hinzu: »Aber ich habe das Gefühl, sie könnte sie jeden Moment zerreißen – Sie ist so sonderbar: so verschlossen und verhalten.«

Ich schrieb 1983: »Julia sparte ihre Energie für die Dinge, die sie wirklich gerne tat: Bei ihrer Lektüre war sie wählerisch, und sie behielt, was sie las; sie liebte Tiere und konnte sie stundenlang beobachten, aber einmal sagte sie zu mir, sie ›respektiere sie zu sehr, um ein Haustier zu halten‹. Der menschliche Charakter faszinierte sie, und auf ihre Freunde richtete sie einen grellen Scheinwerfer; sie schwelgte im Landleben, sehnte sich aber nach der Anregung, die nur die Stadt bieten konnte. Die

Hauptstars ihrer Galaxie waren Tschechow, James, Proust und Groucho Marx; ihre liebsten Lobesworte waren ›stilvoll‹, ›akademisch‹, ›kreativ‹ und ›kultiviert‹; ihre liebsten Schimpfworte ›unharmonisch‹, aber auch ›erbaulich‹, ›goldig‹ und ›natürlich‹.«

1978 erschien *Heiteres Wetter* noch einmal, diesmal bei Penguin und zusammen mit Julias Roman *The Man on the Pier* von 1951; es ging ihr jedoch nicht gut genug, um sich daran zu freuen. Philip Toynbee nannte *Heiteres Wetter* im *Observer* »den leichteren, aber perfekteren« der beiden Romane, »die Beobachterin ist so scharfsichtig und so wortgewandt, dass ihr Buch auf einer Ebene die reichhaltige Skurrilität der Beteiligten enthüllt, auf einer tieferen Ebene die hilflose Verzweiflung, die sie in sich tragen«.

Am Ende ihres Lebens lebte Julia in der Percy Street und ihr Leben war einsam und traurig. Sie hatte Augenblicke der Klarheit und Vernunft, war aber zu krank, um sich für etwas zu interessieren, und wurde zunehmend wirrer. Ich bin oft mit ihr in die Läden ihres Viertels gegangen, und ich weiß noch, wie ich sie während ihrer letzten Krankheit einmal im Krankenhaus besuchte. Ich war ihre Freundin bis zu ihrem Lebensende.

Frances Partridge
London 2002

Zur Autorin und zu ihrer Übersetzerin

Julia Strachey, geboren 1901 in Indien, war Lytton Stracheys Nichte. Sie arbeitete als Model und Fotografin. Ihre Ehe mit Stephen Tomlin zerbrach nach kurzer Zeit, 1939 lernte sie Lawrence Gowing kennen, mit dem sie dreißig Jahre zusammenlebte. Sie gehörte zur Bloomsbury Group und schrieb neben zahlreichen Kurzgeschichten die Romane *Heiteres Wetter zur Hochzeit*, der 1932 in der Hogarth Press erschien, und *The Man on the Pier* (1951). *Cheerful Weather for the Wedding* wurde 2012 verfilmt. Julia Strachey starb 1979.

Nicole Seifert, geboren 1972, Ausbildung zur Verlagsbuchhändlerin und Studium der Allgemeinen und Vergleichenden Literaturwissenschaften sowie Amerikanistik. Nach ihrer Promotion arbeitete sie als Lektorin. Heute lebt sie als freie Autorin und Übersetzerin in Hamburg und betreibt zudem das nach Virginia Woolfs gleichnamigem Roman benannte NachtundTag.Blog.

Zum Buch

Heiteres Wetter zur Hochzeit erschien erstmals 1932 in der Hogarth Press bei Leonard und Virginia Woolf. Der kleine bitterböse Roman ist auch heute ebenso erheiternd und scharfsinnig wie vor siebzig Jahren: An ihrem Hochzeitstag wird einer jungen Braut bewusst, dass sie dabei ist, einen schwerwiegenden Fehler zu begehen.

Ein frischer Märztag an der Küste von Dorset. Dolly ist im Begriff, den Ehrenwerten Owen Bingham zu heiraten. Die Begegnung mit ihrem enttäuschten Verehrer, der es nicht geschafft hat, sie für sich zu gewinnen, schreckt die Braut auf. Und Dolly wendet sich – geplagt von bösen Vorahnungen – einer Flasche Rum zu. Sie hofft, mit deren Unterstützung doch noch vor den Altar treten zu können …

Der Dörlemann Verlag wird vom Bundesamt
für Kultur für die Jahre 2021–2024 unterstützt.